U0937608

出谷莺诗词联选

韦树英◎著

中国文联出版社

图书在版编目（CIP）数据

出谷莺诗词联选 / 韦树英著 . -- 北京 : 中国文联出版社，2022.8

ISBN 978-7-5190-4896-9

Ⅰ . ①出… Ⅱ . ①韦… Ⅲ . ①诗词—作品集—中国—当代②对联—作品集—中国—当代 Ⅳ . ① I217.2

中国版本图书馆 CIP 数据核字（2022）第 143081 号

出谷莺诗词联选

著　　者：韦树英

终 审 人：朱彦玲　　复 审 人：周劲松

责任编辑：郭　锋　　责任校对：王洪强

封面设计：姵　莹　　责任印制：陈　晨

出版发行：中国文联出版社

地　　址：北京市朝阳区农展馆南里 10 号，100125

电　　话：010-85923033（咨询）85923000（编务）85923020（邮购）

传　　真：010-85923000（总编室），010-85923020（发行部）

网　　址：http://www.clapnet.cn　　http://www.claplus.cn

E - mail：clap@clapnet.cn　　guof@clapnet.cn

印　　刷：廊坊市鸿煊印刷有限公司

装　　订：廊坊市鸿煊印刷有限公司

本书如有破损、缺页、装订错误，请与本社联系调换

开　　本：889 × 1294　　1/32

字　　数：240 千字　　印　　张：16

版　　次：2022 年 8 月第 1 次　　印　　次：2022 年 8 月第 1 次印刷

书　　号：ISBN 978-7-5190-4896-9

定　　价：98.00 元

韦树英，教授，博士生导师。1964年毕业于广西大学土木工程系工民建专业，后留校任教。1979年至1981年留学意大利米兰理工大学。长期从事结构工程和计算力学的教学和科研工作。历任广西大学土木系主任、广西大学副校长、南宁高新技术产业开发区副主任（兼任）、广西科协党组书记、副主席、中国力学学会理事、《工程力学》编委、广西力学学会理事长、广西大数据技术学会会长、广西土木建筑学会副理事长、广西绿色建筑学会名誉理事长等职。

1987年当选中共十三大代表，1993年当选第八届全国人大代表。享受国务院特殊津贴。

自 序

余生于深山僻壤，龆龀耽诗词，自愧无缘从师，始愿难酬，至今尚赵趄，羞见文林。然生逢盛世，意气正遒，耳闻目睹，唤起欢心，激发诤心。乃随笔作记，抒怀寄意：或讴歌盛世，俯仰乾坤；或徜徉山水，流连胜景；或思凝雅范，情寄人生；或伏念自身，律己为人；或感顾亲朋，寄托怀思；或伸张正气，鞭挞时弊；或放眼时空，憧憬未来。所拾纷纭，不胜疏举。

余今齿逾杖乡，每有于菟回眸之感。爰理尘箧，收集旧作，欲付诸梨枣，借与诗词爱好之同仁切磋，以了夙愿。而诗箧尘蠹，拙见寡闻，更文思浅薄，才不逮意，疏失盖多，谬误难免。唯祈方家学长诲正云尔。

韦茂繁教授与梁扬教授，造诣颇深，久钦宏才，心折殊深，时怀仰慕。屡与吟哦，启发良多，受益匪浅。至于本诗词联选，亦赖以力荐与审修并作序，终能付印。谨表谢忱。

于广西大学碧云湖畔寓所

岁次辛丑二月廿二日

序　一

韦茂繁

中国共产党建党100周年前夕，树英教授又交给我一个沉甸甸的本子——《出谷莺诗词联选》（以下简称《诗词联选》），未打开本子，就已经感觉份量之重，比丁酉小满时那本《韦树英诗词选》要厚重许多，打开一看，一首首充满人生阅历、智慧、情感，又对仗工整、极具文采的诗词、楹联映入眼帘。树英教授又要我提意见并作序。手捧宝典，面对教授，我深知受之有愧、却之不恭，只好强打精神，背负行囊，再度受命！

诚如我在《韦树英诗词选》中提出的，要鉴赏诗词必须了解诗者词人的今生过往、成就挫折，这样才能窥见其诗词中勾画出的图像意境、志趣意旨，才能品出诗词中所思、所求、所念。树英教授是从都安这个石山王国走出来的不可多得的优秀人才，是乡友和学界的翘楚！树英教授家境贫寒，然“穷且益坚，不坠青云之志”，悬梁刺股、秉烛夜读，少年立志出乡关，未取功名誓不还。

1959年树英教授以优异成绩考入广西大学土木工程系就读，五年后留校任教。1979年，树英教授成为广西首个出国留学人员，远渡重洋赴欧洲意国深造。天资、努力，加上出国深造机会，在科学研究领域，树英教授好似插上翅膀，响鼓重锤、策马扬鞭，奔驰在崎岖而又艰难的科研路上，这几十年来树英教授以书为伴、以实验室为家、以学生为友、以友人为乐、以诗词为趣，他的学生遍及神州，他的声名远播八桂。他是一个耐得住寂寞的人，因为他有攀登科学高峰的追求；他又是一个勇于担当、积极作为的领导，不管组织把他放在大学校长的岗位还是科协党组书记的位置，他都能干出辉煌的业绩，不负党和人民的重托；他更是一个内心世界极其丰富、极具内涵的人，从他的诗词中我们可以看到，他忧国忧民、嫉恶如仇。作为一位理工科的博士生导师，他的文言文功底是我等专攻中文专业的专家学者望尘莫及的，我笑他“飞象过河”，还说他“走别人的路让别人无路可走”。

一个“老理工男”，突发诗情词意，写几首诗词，自娱自乐也就罢了，未曾想他居然乐此不疲。这些年来他隔三差五就发一两首诗词到微信上叫我们指正，频率之高令我们应接不暇，他甚至还玩起来了！你看《诗词联选》的第五篇《宝塔诗选》和第六篇《回文诗词》、第七篇《辘轳体诗》，简直令我目瞪口呆！

宝塔诗极少见，学者认为起于隋朝，颇受文人雅士喜爱。宝塔诗一字始至七字终、逐行增字，每行对仗，行尾押韵，如果把全诗横写，底宽上尖，逐层加字，叠成三角形，状似宝塔，故称宝塔诗。闻一多先生曾提出诗歌的“三美”理论，即音乐美、绘画美、建筑美，宝塔诗恐

怕最能体现诗歌的建筑美了。

回文诗词虽然较常见,但是有一定写作难度。不管是回文诗还是回文词,都是汉语特有的一种利用词序回环往复的修辞手法,也称“回纹”、“回环”,文体上称为“回文体”。简单地说,回文诗词是顺着读与倒回来读,其意思都一样,当然其实还有变化。回文词比回文诗更难写,因为词的各句长短不一,而诗却很规整。有人说回文诗词就是一种文字游戏,民国时期的刘坡公不同意这种说法,他在《学诗百法》中说:“回文诗,回复读之,皆歌而成文也”,他还说:“回文诗反复成章,钩心斗角,不得以小道而轻之。”无论如何,回文诗、回文词还是不乏游戏之作。就我个人的感受,能写回文诗词,且能顾及内容又顾及格律和词谱,尤其是两者互变,这一定是文字高手。

辘轳体诗,只用13个字,顺时针旋转即能做出七言、五言、四言、三言诗和十六字令,如:

七　言

佰年圆梦震重天，梦震重天促志坚。
天促志坚人奋战，坚人奋战佰年圆。

五　言

圆梦震重天，重天促志坚。
志坚人奋战，奋战佰年圆。

四　言

梦震重天，天促志坚。
坚人奋战，战佰年圆。

三　言

梦，震重天，促志坚。
人奋战，佰年圆。

十六字令

圆，梦震重天促志坚，坚人奋，奋战佰年圆。

通过上面三种形式，应该说他把形式和内容还是完美地结合在一起了，我认为他有玩的嫌疑，更有玩的水平和本钱。

综观树英教授《诗词联选》，内容十分丰富，可以说纵越古今、横贯中西。诗词中有壮美的河山、诗画般的田园，有罗马的斗兽场，有中华的卢沟晓月，有国际的跳梁小丑，有国内的蛀虫硕鼠，有花鸟虫鱼，有魑魅魍

魆，有儿时童趣，有青壮苦读，有拳拳孝心，有天伦之乐，有感时花溅泪，有畅饮庆功成，有“陶令不知何处去，桃花园里可耕田”的惬意恬淡，也有“先天下之忧而忧，后天下之乐而乐”的家国情怀。

这本《诗词联选》与上一本《诗词选》在内容上有很大的不同，那就是把中国共产党带领中国人民奋战一百年，赢得了新民主主义革命胜利和社会主义建设胜利、中国特色社会主义胜利、走进新时代入诗入词，充满激情地讴歌这艰难困苦的一百年、曲折坎坷的一百年、斗志昂扬的一百年、获得巨大成就的一百年、中国人由被奴役到站起来、到富起来、强起来的一百年，这个部分让人看得血脉喷张、豪情万丈！

凡此种种、不一而足，令人叹为观止！树英教授对是非之明辨，对万象之洞察，皆源自“读书破万卷”、“行路逾万里”，正所谓“厚积而薄发”。

树英教授诗词用了很多典故和修辞手法，这使得他的诗词有厚度和深度，使得语言的表达充满诗情画意，使语言由工具嬗变成艺术形式。用典是诗词歌赋中常用的一种表现手法，其主要特点是借助一些历史典故、神话传说、寓言故事、名人名言、名诗名词（诗句、词句）来帮助表达愿望情感思想等，这样就显得诗词典雅、风趣、含蓄、精炼，言简意赅、辞近旨远。树英教授的诗词有大量的用典，如“三山”即“三座大山”，“胯耻”即“胯下之辱”，“骚人”即屈原，“周郎赤壁”，“阿瞒煮酒”皆“三国”典故，“励志”的陶侃（陶渊明的祖父），“留取丹青照汗青”的文天祥，“何瘾争当弼马温”的孙悟空，《枕中记》中的“邯郸梦”,“三碗不过冈”的武松打虎,曹操《龟虽寿》中的“老骥伏枥志在千里”,“长铗归来乎,食无鱼”的冯谖,马识途的《夜谭十记》,晏几道的“落花人独立,微雨燕双飞”,杜牧的“一骑红尘妃子笑,无人知是荔枝来”,杜牧的“此心安处是吾乡”等等。还有一部分典故在书中自注,在此恕不赘言!从用典可见树英教授读书之广博且运用自如!

读罢树英教授的《诗词联选》,掩卷沉思,有一点对我冲击也颇大,那就是酒。既然是以文会友,咱们就不谈酒的生活医学等功效了,就谈酒的文化。酒与中华文化几乎是相生相伴,与人的情绪变化更是形影不离,人们高兴时“人生得意须尽欢,莫使金樽空对月”,人们不高兴难受时“抽刀断水水更流,举杯销愁愁更愁”。李白“举杯邀明月”,苏轼“把酒问青天”,欧阳修“酒逢知己千杯少”,杜甫“白日放歌须纵酒”,曹操“对酒当歌,人生几何”,刘伶的“一醉三年”,酒写尽了人生的悲欢离合。

树英教授的酒量酒德酒名在广西高校和乡党好友中是出了名的。树英教授似乎在任何方面都属于温良恭俭让的类型,从不与人争锋,从不争勇斗狠,喝酒也是这样,默默地、不事张扬地喝,不经意间,喝下的酒比谁都不少(当然随着岁月流逝,他也适当地减少摄入量)。酒桌上的娱乐他一概不懂,但他也没闲着,你们娱乐,他自酌自饮,自得其乐;不管前辈、同辈、后辈敬他,他都谦卑受之,后以礼回敬。与树英教授喝酒没有心理压力、没有酒量压力,所以,大家都喜欢与他推杯换盏，把酒言欢。

树英教授诗词中言及或专写酒的大约十余首，占比不大，但透过字里行间，我们可以窥见树英教授对杜康情有独钟，虽然诗词中也有一两句对酒的忌惮甚至埋怨，如《酒后抒怀》中“花甲已至犹高就，莫再贪杯西凤醇”，《感概》中“情狂都怪酒，意纵只因诗”。诗中告诫自己“莫再贪杯”也好，“都怪酒”也罢，树英教授这个学者、文人、“酒仙”，不贪杯可以，弃酒恐怕不成！酒德酒量俱佳的他，童叟无欺，量大亦能自持，这是多少酒桌上的英雄豪杰不能望其项背的！他要戒酒，多少酒友要为之黯然神伤！

其实树英教授诗词言及酒，几乎都是喜悦溢于言表时的“人生得意须尽欢”，《南歌子 · 自乐》中的“不慕虚名只怕酒壶空”，《已获国务院津贴又获博导津贴》中的“再另加增压酒囊，今生何患折腰粮，休嗟嗜酒羞宣子，岂为求鱼客孟尝”，功成名就，人生大快朵颐，用什么来表达这种掩饰不住的欢愉呢？用源自天地精华的酒，只有酒才能慰藉这颗“面壁已破”、“沧海已酬”的赤子之心！

树英教授育才有方、学术有成，为官也是令人敬仰。他无意仕途，以平常的心看待官场，他有很多令人羡慕的升迁的机会却淡然处之。但作为一个共产党员，他最终还是听从党的召唤，边育人科研，边管理服务。他官至广西科协党组书记(正厅级)，官场上他为人低调，工作勤勉，一身正气，两袖清风。他对一些庸俗的社会现象，尤其是那些贪官污吏，严加挞伐、毫不留情。他的诗词中也有一部分刻画腐败分子和丑恶社会现象的内容,这部分诗词体现了一个知识分子的良知和一个共产党员的凛然正气。

树英教授的诗、词、联还涵盖了很多丰富的内容,运用了很多修辞手法,因本人从事语言学的教学与研究,诗词歌赋就大学时老师教的那点三脚猫功夫,而且早就还给老师,能力确有不逮,所以未能把树英教授佳作的全貌及精髓呈现给大家,借此权表歉意!

欲知桃子滋味,请君自行品尝!

2021 年 7 月 22 日于邕江之滨相思湖畔

(韦茂繁,教授、博士、博士生导师。曾任广西民族大学副校长、广西经济管理干部学院院长、党委书记。)

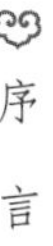

序　二

梁　扬

韦树英教授将其诗词联作品结集并将付梓，嘱我为之作序。我自知不是适宜人选，但师长诚恳盛意，却之不恭。趁着先睹为快的荣幸和兴奋感，谨记下我对《出谷莺诗词联选》书稿的读后感言。

我国自然科学家中多有写诗高手。如气象学、地理学家竺可桢，植物学家胡先骕，古生物学、地质学家杨钟健，地质学家李四光，数学家华罗庚、谷超豪、苏步青，土木工程学、桥梁学家茅以升，建筑学家林徽因、童寯，古建筑园林艺术家陈从周，水利工程学家黄万里，现代自动控制理论的先驱顾毓琇，加速器物理及技术专家谢家麟，神经生理学家张香桐，有机化学家刘铸晋，等等，不胜枚举。老一辈科学家多受旧学濡染熏陶，故能于本专业之外兼擅诗词；而新一代科学家则多专注于自身学科，于人文难望前辈大师项背。但新一代科学家中仍不乏前辈大师这一优秀传统的传承发扬者，韦树英教授即是其中的一位。

树英教授是我一向钦敬的师长。在他担任广西大学副校长期间，我恰在校科技处、中文系新闻系及文化与传播学院任职，多有向他请示汇报和讨教的机会，并深受教益。后来他出任广西科协主席，也常有联系。这一时期是广西大学上下一心凝神聚力全面崛起，进入全国“211”重点大学建设行列的黄金十年，各系院也把握机遇驶入快车道提速发展。树英教授除了出色完成学校行政管理工作以外，在自己所致力的计算力学、建筑结构设计理论和结构抗震控制等领域的研究，承担并完成了多项省部级和国家级科研项目，连续获得多项国内领先的研究成果，出版了《高层建筑结构计算》《钢筋混凝土结构的弹塑性分析》《高层建筑结构计算程序的编制》等学术专著，在国内外学术刊物上发表了80余篇论文。树英教授在科学研究领域所养成的严谨学风、缜密思维和睿智才情，一旦运用到文学创作中来，他所构建的融汇着科学与艺术双元素的诗歌之塔，将为诗坛照进跨界诗人别具妙曼情韵的灵光异采。

“旧学商量加邃密，新知培养转深沉。”（朱熹《鹅湖寺和陆子寿》）纵观古今，自然与心灵，理性与感性，科学与文艺，皆同出一源，相辅相成。树英教授的诗词，具有深厚的中华传统文化功底，蕴含着旧学加新知的邃密与深沉，反映了一代学人的思想境界和文化品格。加上他为人谦和坦诚，淡泊以明志，常怀赤子心，在创作中通民意，接地气，讲人话，抒真情，使诗词联作品在思想与艺术各方面都极具特色。

首先是全息视角的开阔视野。全书题材广泛，内容丰富。“时代兴怀”篇既有对中国共产党和习近平新时代中国特色社会主义的热情讴歌，也有对改革开放振兴中华的由衷赞颂。“多彩人生”篇既有对各行英模的赞美，也有对自己童年生活、求学历程、人生重大节点的感悟，更有对父母艰辛操劳的深情追述和感恩忆念，还有对伉俪情深与儿女成长的欣慰。“社会交往”篇的题赠对象既有家乡小学的启蒙老师、高中同学、广西大学多届毕业生，又有留学意大利米兰综合工业大学时的同窗，以及同行、友人和国内外名流。这些诗作表现的是交往情谊、嘤鸣之声，表达的是风雨同舟、肝胆相照、纯真脱俗的挚友情，以及对恩师和爱生的感恩与期勉。“咏物寄意”篇，多就身边寻常器物、动植物、生活现象或自然景象吟咏寓意。或幽默风趣、令人会心一笑，或借物言志、寄托高远，或以小见大、平中见奇，或意在物外、讽刺辛辣，或富含哲理、引人深思，等等。“宝塔诗选”、“回文诗词”两篇，以文字的“工程巧构”与“建筑美”见长，从诗词奇思巧构的谋篇布局，亦可见树英教授的深厚学养。“对联选抄”篇则多有佳联隽语。“感事联语”中的《国家公祭》《天宫二号飞船升空》《辛亥革命》诸副，感情充沛，哲理深邃，堪称史笔。“广西大学土木楼落成庆典楹联”诸副，气势磅礴，豪情干云，给人以鼓舞和启发。为家族墓园撰写的一组碑联，念祖祀亲，情真意切，也令人为之动容。

其次是科文汇通的理趣宏境。自然科学的逻辑思维与文学创作的形象思维一旦融汇贯通，物理的直觉、邃密同诗意的灵感、顿悟便相激相生，使树英教授的诗词呈现出别样的风格与境界。在他严谨成习的慧眼中，许多对象往往都以数据而存在。对某些人情世态事理的洞察、感悟，也无不基于科学的辩证原理，如《杂感》："香甜可口偏伤胃，苦涩呛喉能健脾。见惯浮夸知奥妙，看穿瞒报识玄机。"对于特色建筑结构的描绘，一般诗人多停留于对宏伟辉煌外观的赞叹，而他则透过华丽外表直探其核心结构的特点和奥秘。如《容县经略台真武阁》："楼阁红台上，琉璃映碧空。挑梁留胜迹，悬柱显神工。斗拱模型巧，飞檐气象雄。登临开眼界，杰构世难逢。"《赏广西大学土木楼镜面玻璃幕墙》："银光反射微茫处，花影犹生指顾间。"等等。

再次是琳琅满目的使事用典与佳句佳篇。使事用典的语言艺术是诗人学养才情的体现。树英教授的诗词中，专篇歌咏的古代名人有岳飞、陶渊明、曹植、郑板桥、诸葛亮、韩愈等；诗词中所提及的古代名人有杜甫、李白、苏轼、怀素、刘伶、张旭、冯谖、祖逖、马援、汉武帝、黄帝、盘古、女娲、大禹、卫青、冯唐、李广、卞和、屈原、伍子胥、左宗棠、孟尝君、阮脩、成吉思汗、张骞、班超、玄奘、马可波罗、孔融、孔丘、关羽、张飞、刘备、刘邦、项羽、颛顼、彭祖、元哲、江淹、李煜、黄盖、曹操、周瑜、萧何等。佳句佳篇的有无与多寡，是衡量一位诗人成熟度的重要指标。树英教授的诗词中，上引者多不失为佳句佳篇。此外，尚有不少自创佳句佳篇。佳句如《一带一路》："协力各洲彰国望，繁荣赤县振邦兴"；《满江红·悼念昆仑关抗日英烈》："刀影拳偎收圣土，硝烟炮雨征冬月"；《赤壁怀古》："东风终与周郎便，草火筹谋黄盖功"；《喜接博导聘书》其一："文多幸赖留洋早，累少全亏得妇贤"，其四："曾尝下井迎投石，尚品扬帆遇逆风”,“得失忘怀陶令德,乐忧垂意范公忠”;《已获国务院津贴又获博导津贴》:“休嗟嗜酒羞宣子,岂为求鱼客孟尝”;《广西大学工民建专业82级毕业30周年聚会发言》:“绿李红桃常梦会,雏莺乳燕已鹏游”。佳篇如《咏史》:“悬枭抉眼锁榆枷,子胥尸翻谏孽芽。献璞卞和甘刖足,离骚屈子痛怀沙。冯唐隽老伸鸿志,李广丰功憾舛差。千载悠悠多义士,刳肝沥胆爱中华。”《国产航母下水》:“蛟龙下水牧汪洋,环转海空天际航。浪道翻波伸巨臂,机群破雾震穹苍。江山统理催征远,疆域支离遗恨长。万里纵横雄气壮,强军收土固边防。”等等,不可尽举。而其律诗佳篇的中间两联,也往往为佳句,如上举两篇即是。有趣的是,唐代因佳句佳篇而名利双收者不乏其人,如牛僧孺因之而有助于来年登第,任涛被特免乡里之役,张缤被“令以诗进”并获授官、赐金,等等,而树英教授的佳句佳篇竟然也能帮助自己的小学启蒙老师改善了生活。1980年7月寄自意大利的《应启蒙老师韦树兰求题》:“种成桃李满园春,物望群推惟大人。愿做春蚕丝吐尽,勤耕瑶圃树成荫。功同坳道千盘耸,德比峰峦万仞沉。历赐金言成座右,西游回首感师恩。”韦树兰老师在本乡教师暑期大会上宣读此诗,全场掌声经久不息,为此他获得破格提升一级工资。

在编辑体例方面,全书共选收诗词联作品五百多首(副),分成八个篇章。前四篇章按内容分类,后四篇章则按体裁分类,或稍显芜杂失谐。但明清诗人已有此先例,有的自编集将部分作品按编年、体裁、题材或任所等标准分类(分集),而对其余部分作品则不纳入分类之列。作者或后人一般称经过分类的部分为“内编”,其余部分为“外编”。树英教授此著的编排,也可作如是观。

是为序。

2021年7月30日于广西大学碧云湖畔寓所

(梁扬,教授,历任广西大学中文系、新闻系主任、文化与传播学院院长、文学与文化研究中心主任兼国家社科基金评审库专家、广西语言文学学会会长等。)

目　录

Contents

第一篇　时代兴怀

〔一〕辉煌成就

〔二〕逐梦奔康

〔三〕时事述怀

〔四〕逞兴怀古

第二篇　多彩人生

第三篇　社会交往

第四篇　咏物寄意

第五篇　宝塔诗选

第六篇　回文诗词

第七篇　辘轳体诗

第八篇　联语选抄

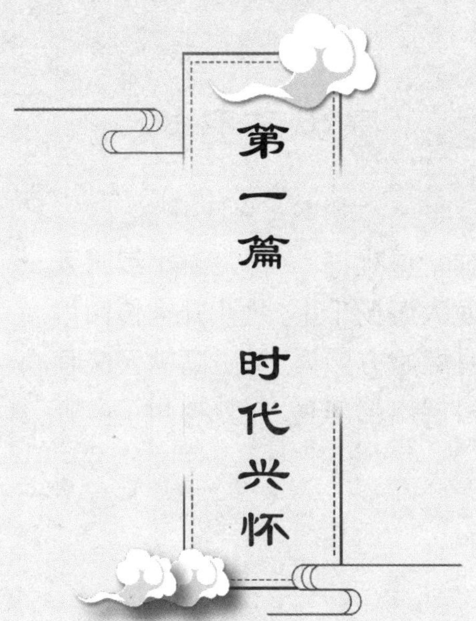

第一篇　时代兴怀

〔一〕辉煌成就

层出高科技

两弹一星犹记心，神舟航宇续腾云。
蛟龙入海扬千里，北斗升空传四垠。
探月嫦娥方顺返，悬磁高铁又威临。
高科层出彰华夏，逐梦神州正电奔。

有感天宫二号飞船中秋夜升空

（一）水调歌头（步东坡韵）

明月通圆亮，火箭正巡天。
射向深空闪去，梦想几千年。
略过吴刚桂树，唤醒深堂玉兔，
宫阙不清寒。
邀约嫦娥舞，天上似人间。

回头望，人喜庆，不成眠。
全民振奋，中秋今夜共团圆。
世事昌兴腾跃，科技尖端突破，
华夏两成全。
今夜穹霄震，飞箭伴婵娟。

（二）浪淘沙

圆月亮东方，
奥宇茫茫。
天宫二号向天航。
划破长空云海沸，
威震八方。

追梦步康庄，
共铸辉煌。
空间实验续施张。
九万扶摇携重任，
志在穹苍。

贺神舟载人飞船十二号升空

驱雷驭电一腾冲,震慑环球惊赤龙。
欲续女娲修浩宇,亲承盘古辟鸿蒙。
神舟对位群星侧,空站迎祥冥奥中。
青史五千添亮页,中华大写挂天宫。

浪淘沙·望东方

放眼望东方，
无限风光。
康庄大道步轩昂。
特色旗扬擎天柱，
遍地繁昌。

中国梦兴邦，
步履铿锵。
长征继续路方长。
号角声声催奋进，
齐迈康庄。

西江月·贺神舟五号载人飞船升空

古往今来遐想，
空间宇宙腾龙。
尖端科技破荒攻，
誓逐千秋美梦。

一代精英竞奋，
多年尽瘁鞠躬。
载人飞艇负抱冲，
直向幽冥发送。

南乡子·赞五号嫦娥探月

浩瀚昊穹苍，
月在遥空自渺茫。
域外争登多少载，
忧惶！
遄飞机试又白忙。

华夏国兴昌，
五号嫦娥探桂堂。
诡秘蟾宫谁撮土？
神乡！
采样团坭举世扬。

水调歌头·咏南水北调

缺水古来苦，代代怨苍天。
冥思旱田淋灌，渴望几千年。
惊喜宏图大略，江水调流畅想，
喜见话成全。
四纵三横注，津渠已豪湍。

炎方水，玄朔淌，越重山。
奔腾浩荡，神州塞外变江南。
千里江流贯穿，祖国甘泉共享，
难见望天田。
老少开颜笑，盛世降人间。

赞中国天眼

冥空探秘独雄豪,测控脉星观昊遥。
速率优先三十纳,冲频精度百千超。
尖端射电星时计,深究导航天界标。
透视苍穹谁可比,原来凌汉九州高。

庆贺北斗组网成功

北斗星间灿,国旗天际升。
五洲明指向,九夏暴欢声。
围绕环球转,引航新竞征。
高悬留雅号:禹甸太空灯。

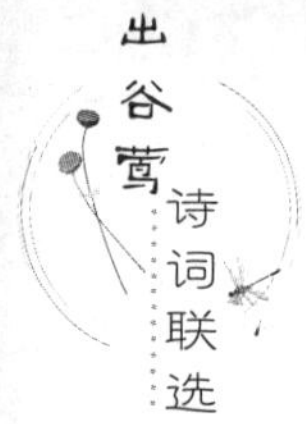

贺国产航母下水

（一）蝶恋花

蹈海狂穿涛共舞，
横劈狂澜，
国产新航母。
飞越苍穹机仰俯，
翻波撼动洋中渚。

弱国常遭勍盗侮，
蛮寇枭狼，
还敢侵东土？
红日昭升光万束，
强梁胆慑惊雄武。

（二）

蛟龙下水牧汪洋，环转海空天际航。
浪道翻波伸巨臂，机群破雾震穹苍。
江山统理催征远，疆域安宁使命长。
万里纵横雄气壮，强军奋志固边防。

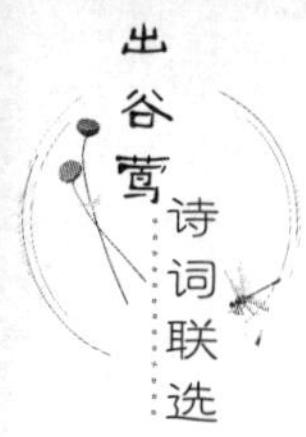

南歌子·洋山港

华夏龙腾跃，
洋山港起航。
虹桥接汉跨汪洋。
塔吊如林伸臂缆钩长。

万道航吞吐，
千船货卸装。
穿梭轮渡往来忙。
数点港湾何处与争强？

庆祝港珠澳大桥通车两周年

港澳珠连雄伟桥，伶仃洋上领风骚。
排潮顶管穿岩隧，立柱墩台御浪涛。
飞架长虹垂陆岸，伸悬浩海舞蛇腰。
蜇龙蹈水腾波绕，三地原来一步遥。

临江仙·贺贫困县全脱帽

逐梦杭庄逵道，
奔康大写中华。
一声传令万民抓。
脱贫凡百县，
致富万千家。

克难攻坚会战，
帮扶助献交加。
三农雄起震天涯。
誓圆中国梦，
直令世间夸。

脱贫后第一春

开春何处鼓声喧？万户千乡喜过年。
路路车流迷远客，村村畲地尽良田。
驱羊矮岭群放野，平芜层山草牧园。
更见脱贫兴富后，家家仓廪满空前。

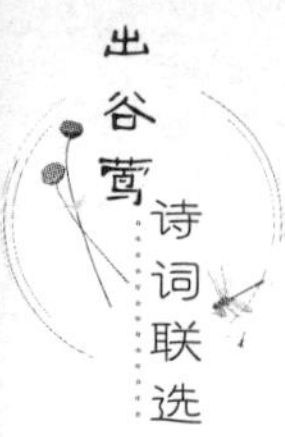

回乡过中秋

一进家门爽眼瞳，厅堂里屋亮通通。
当年还是青砖屋，今日翻成永乐宫。
风扇空调开“格力”，音箱电视赏“长虹”。
中秋不用翻山购，冷柜冰箱百样丰。

贺港澳回归

接连逢快事，莲绽紫荆开。
热泪含欣喜，悲伤难打捱。
江山强国统，蹙土弱邦灾。
港澳回归日，九州终遂怀。

南歌子·庆贺香港回归二十周年

海盗贪饕餮，
奴才软膝腰。
百年凌辱恨难消。
国耻安能忍气让鸺枭。

宝岛香江沸，
中华国力豪。
回眸群起展龙韬，
两制推行浪涌海腾蛟。

南歌子·澳门吟

氹仔人声沸，
北安轮渡鸣。
赌场依旧老葡京，
环岛渔歌高唱庆升平。

昔日双箍缚，
新天两制行。
回归濠镜正中兴，
马跑舞狂欢跃展鹏程。

〔二〕逐梦奔康

临江仙·百年中国梦

遍地凯风吹拂，
东方春意醺浓。
今年花胜去年红。
九州云兆瑞，
一派振兴隆。

沉睡百年龙醒，
飞升万丈腾空。
炎黄盛世喜相逢。
强邦千载索，
圆梦百年功。

水调歌头·逐梦

捷报广传送，
乘蹑电追风。
复兴大业鹏翥，
如日在升东。
千帆争赴迸进，
四海拼争竞奋，
逐梦百年中。
驱雷策力猛，
伟世创图雄。

持特色，
谋富庶，
建新功。
气壮如虹，
宏猶张展众心同。
招号寰瀛炫异，
叱咤风云奋起，
华夏正兴隆。
奔向康庄道，
万姓步匆匆。

西江月·追梦

举国春风浩荡，
深宵追梦连绵。
闻鸡遥望蔚蓝天，
舵正航船稳健。

时代潮流迸涌，
胸中豪气翩旋。
康庄大道竞争先，
不负千秋夙愿。

临江仙 · 圆梦

同把豪情唤起，
齐心决胜攻坚。
铺张逵道步来年。
脱贫千县乐，
致富万家欢。

放眼地球村里，
东方覆地翻天。
通观史册也空前。
奔康圆夙梦，
华夏志高坚。

奔康志

除贫摘帽复何求，逐梦奔康志未休。
两个百年明奋志，一腔豪气颂鸿猷。
人从穷富分荣辱，众看兴衰辨乐忧。
须趁满腔心血热，同争直上最高楼。

深圳之歌

春天故事记犹新，闹市风光转眼临。
车浪如流穿隙缝，楼群似笋蹑层云。
多元产业争先旺，各色肌肤交汇频。
变样渔村谁辨认，深层开放好方针。

西江月·贺海南自贸区

自贸特区开放，
高灯四射辉煌。
椰林叶茂永无霜，
娘子军歌高唱。

南国新添丝路，
轩窗光启朝洋。
天涯海角畅通航，
五指山花怒放。

〔三〕时事述怀

一剪梅·惊悉汶川大地震

地裂山崩巨石抛，
毁屋摧窑，
破路坍桥。
颓垣断壁伴哀嚎。
风亦狂飙，
雨亦盆浇。

大好家园忽惨遭，
往日光昭，
转瞬残凋。
同舟共济抗灾妖。
奋战今朝，
寄望明朝。

忆秦娥·汶川抗震

惊天劫，
山摇地动村庄裂，
村庄裂，
交通断阻，
院家摧灭。

骇惊上下心纠结，
军民立马同心协，
同心协，
一方有难，
万民关切。

浪淘沙·庆祝广西大学九十华诞

晋号二幺幺，
激剧升超。
师门学海竞腾蛟。
更创一流添俊逸，
鹤立登昭。

名校更谁豪？
九秩扶摇。
科研教肄立曾标。
众志克成优学府，
迈向新高。

〔四〕逞兴怀古

临江仙·丝路怀古

曾记东来马可，
永怀西去玄奘。
成吉思汗更班张。
丝绸曾热络，
商旅久繁昌。

戈壁遥天在目，
驼铃客梦悠长。
征人来往乐无央。
阳关怀故垒，
带路续辉煌。

端午怀屈原

怒怼奸权贵，凛然刚志雄。
骚人忧社稷，墨客尽精忠。
泽畔烟波暗，江边怒气冲。
怀沙泄义愤，警世意无穷。

临江仙·开封包公祠观感

秉鉴祠堂肃穆，
凛然清直严森。
惩凶扬善佑黎民。
铡刀除恶展，
铁面戒私陈。

雄断包公犹在，
廉明谳正永存。
敢询贪慝不丢魂？
扬辉新时代，
斩绝邪端根。

卜算子·参观兵马俑

默默问秦兵，
是否嫌寂寞？
屡焯沙场搏杀威，
曾想功和过？

巍巍大中华，
统一千秋略。
感慨当年赏眼前，
举国升平乐。

谒孔庙有感

中华儿女仰先贤，夫子兴儒倡德言。
《论语》廿章垂万世，《春秋》一卷逾千年。
和为贵节尊为爱，操在忠廉孝在先。
礼义谦恭仁智信，先师至理九州传。

赤壁怀古

（一）

公瑾当年夜动容，曹船烈焰士惊弓。
东风终与周郎便，草火筹谋黄盖功。
莫向桑田问碧海，何曾江水逝英雄。
东坡赤壁双篇赋，如梦古今江自东。

（二）

青梅煮酒论英雄，诸葛曹刘一世功。
借箭孔明焉仗雾，烧船黄盖岂凭风。
三分天下兴亡史，九派长江得失空。
多少古来纷战苦，回眸依旧九州同。

夔门怀古

遗烈托孤千古魂，世尊名相与忠臣。
隆中一席参言对，天下三分裂国氛。
壮气腾龙呼白帝，明良殿宇缺公孙。
是非功过谁能论，许国夔门献己身。

咏史

悬枭抉眼锁榆枷，子胥尸翻谏孽芽。
献璞卞和甘刖足，罹骚屈子痛怀沙。
冯唐隽老伸鸿志，李广丰功憾舛差。
千载悠悠多义士，刳肝沥胆爱中华。

长城摅怀

傍立烽台一望遥，千秋啸傲涌心潮。
雄盘峻岭经残役，镇戍边山抵犯朝。
鹤阵挥矛惊敌胆，狼烟击鼓吓侵妖。
怆然欲酹威临烈，仰慕雄师拼大刀。

黄州东坡亭怀古

苏公亭记尽英雄，故垒依山血染丛。
九派长江依旧在，三分天下转成空。
文章二赋千秋笔，赤壁千骑一世功。
大浪淘沙遗迹壮，风光无限漫天红。

长安怀古

傲史十三朝，长安名自高。
轩辕推始祖，翰墨记碑豪。
钟鼎人文秀，真原传统昭。
追怀增浩慨，九夏为之骄。

嘉峪关怀古

（一）鹧鸪天

大漠无边古塞关，风沙横扫犯疆牖。
千年故垒光辉焕，万里长城烽火残。
怀往事，觅秦关，盘垣东望巨龙盘。
城墙碉堡狼烟堠，犹照当年月一弯。

（二）

西域雄关耸，丝绸路扼喉。
风沙连要隘，山岭傍岗楼。
堠鼓催声急，燧台烽火稠。
当空明月在，边戍傲千秋。

（三）

西疆驿路古雄关，骈矗玉门驱扰藩。
遍地风沙吹漠野，无忧月色落边垣。
楼兰故国今何在？古寨新城永定安。
雨露阳光滋万物，偏陲无处不昌繁。

蝶恋花·阳关道怀古

漫道阳关寻古路，
戈壁茫茫，
深印丝商足。
欲觅驼铃声响处，
成吉思汗西征步。

常念张班贻美俗。
马可东来，
玄奘西域去，
土货洋商交易速，
久传骚客留佳句。

临江仙·西夏怀古

血迹风沙淹没，
金鞍剑气犹寒。
三千里地战鏖酣。
干戎相向烈，
对垒陷重关。

虎帐频宣部阵，
吴钩剑戟伤残。
龙城早已变商摊。
当年兵火地，
而今壮观瞻。

临江仙·金陵怀古

鼎立六朝王气，
沧桑数易豪雄。
钟山龙虎鉴遗踪。
宫墙千载易，
绿瓦百年崩。

朱雀桥边残梦，
乌衣巷口楼空。
石头城荡起蟠龙。
后庭花宛唱，
画舫碧江中。

西江月·咏敦煌莫高窟

丝路驼铃弥远，
敦煌追梦绵长。
千佛洞里记千章，
历史遗辉放样。

破壁通禅仙境，
悬崖刻画深藏。
当年印记在雕廊，
活现东西顺畅。

临江仙·玉门关新貌

烈日沙滩蒸炙，
湍流疏勒河湾。
疆谣羌笛伴琴弹。
长城遗断截，
戈壁绿翻番。

牧野无边芳草，
左公排柳秾蕃[①]。
荣华遥对祁连山。
河西存巧手，
绿野葆秾繁。

注：

①左公柳：左宗棠率湘兵到西北大漠时，因气候干燥，士兵水土不服，即命令于沿途遍栽杨树、柳树及沙枣树，名曰道柳，人称左公柳。

临江仙·纪怀岳飞

碧血捐躯报国，
沉冤武穆精忠。
天狼勇射怒发冲。
八千胡马战，
三十噪名功。

浩气引吭悲壮，
丹心痛饮黄龙。
千秋遗恨失英雄。
九州三字狱，
一阙满江红。

沁园春·江汉怀古

扬子滔滔，汉水泱泱，浪涌波掀。
昔草船烟火，枭雄何在？
军营哭笑，胜算谁边？
周寨江南，
曹营岸北，
虎将相争撼九玄。
风生处，正操军荼火，熛焰飞旋。

江翻巨浪空前，
引绝代英雄战此间。
叹关公大意，孙权感慨；
荆州失陷，诸葛茫然。
既胜当欢，
何堪忍辱，
战守纷争千百年。
屯营寨，看奔涛激荡，已换新天。

誓建土木楼

誓建新楼任自肩，深宵写信日筹捐。
几千群志同赍助，数百万金终凑全。
俦策践行拼豁劲，憔神悴力终梦圆。
更添傢俱均妆就，无负初衷不失言。

注：

土木楼——广西大学土木系大楼，1987 年向社会集资，自筹兴建的 8000 平米的九层楼。

提出的层元新法并编制计算机软件推广应用

超高抗震异形楼，计算编程众折谋。
奇构悬弯难布拟，层元新法易功收。
秦皇大厦初宣捷，深圳中心继运筹。
软件开推求若渴，急需工具适时投。

注：

秦皇大厦——秦皇岛电业大厦，该楼形状奇特，用此软件顺利计算后，即可施工。

深圳中心——深圳工业贸易中心大厦，56层，属超限结构，用此软件机算后，又到广州建筑设计院做石膏模型试验验证，试验结果与计算吻后理想，即可设计施工。

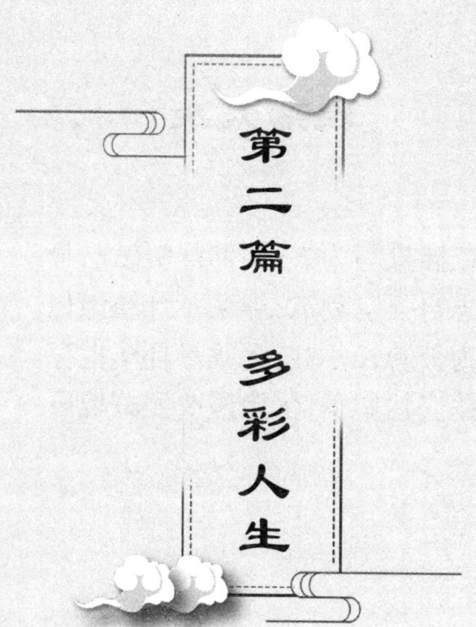

第二篇 多彩人生

坦荡人生

相依撇捺写为人，俯仰浮沉献己身。
洁志自强空利欲，虚荣不计履谦仁。
有为公善长年驻，无我襟怀毕世存。
坦荡安然留美忆，余霞夕照耀焜辰。

处　世

百年人处世，珍惜好时光。
奋斗终生乐，偷安永劫伤。
贪名图利溅，克己奉公强。
脱却陈尘俗，无私气自昂。

小桥流水人家

桥弯如朔月，水软似柔绸。
水向长川汇，桥仍原地留。
扁舟飞桨赶，岁月逐溪流。
人冀春长驻，家家争上游。

建筑工人

（一）

群楼高耸立，茧手已磨红。
夏烤烘头日，冬凌侵骨风。
人皆搬靓宅，我又换工棚。
回望新城美，沾沾窃喜中。

（二）

寄家离客匠营工，如蚁勤劳来去匆。
暴雪凌寒拼力干，骄阳暴晒苦熬烘。
高楼座座城中竖，大道条条乡际通。
垃圾清除交付后，新开工地又窝棚。

（三）

已惯棚窝木板床，工程进度贴寮房。
高楼喜见迷炯眼，大路欣通畅遍方。
总把丹心更旧貌，常从明月唤朝阳。
齐奔富裕康庄道，拼力加班忘夜央。

搬运工

汗滴眉边任自流，
肩扛重袋富劳酬。
晚归摩托还输转，
心想奔康意未休。

农妇晨劳

割来青草进牛栏，
夜读孩儿睡正酣。
赶紧劈柴烹早饭，
太阳还躲在东山。

钢厂老锅炉工

眼角偷伸鱼尾沟，炉红气喘效黄牛。
熬干皮肉锅炉热，茧皱深纹鬓上秋。
板管成堆迷累眼，身心娱意伴丰收。
每逢佳节加班干，最爱新钢满库头。

快递小哥

常在家门迎小哥，看他风雨在穿梭。
交收货品来回串，装卸包箱左右挪。
客户三番称谢谢，缄唇一抿笑呵呵。
城乡采购都方便，只要订明买什么。

唱火令·赶早上班

拥集公交站，
挨排地铁门。
满街梭织上班群。
来往竞相争逐，
都是早勤人。

一派清平乐，
多姿点绛唇。
赤心追逐赶时辰。
哪怕风狂，
哪怕雨纷纷，
哪怕路途捱挤，
岗位按时临。

南柯子·晨挤公交车

急急奔抄道，
匆匆赶时辰。
街边疾走早行人。
过往公交趟趟尽超乘。

逊让三边小，
多亏一寸珍。
方今恨不瘦腰身。
幸好侧肩关上了车门。

西江月·世界杯女排决赛

目注赛场佳丽，
掌声频响钦夸。
奖台颁佩大红花，
喜见国旗高挂。

怎解顽强拼搏，
始知摸打翻爬。
攻拦吊扣众惊讶，
绝技明分高下。

鹧鸪天·双抢

抢种抢收双抢连，风吹稻浪拂绵绵。
挑筐荷锄川流去，往女来男梭织穿。
收早稻，插秧田，你施肥料我开镰。
新泵抽水人装配，打谷机鸣吐粒鲜。

新技术助双抢

无边垄亩泛金黄，早稻成行似浪扬。
收割机声鸣四野，铁牛犁响乐千乡。
泵抽水细喷甘露，秧插苗鲜裹绿装。
牛影耘耙无处觅，新科推广遍农庄。

南歌子·农民工回家过年

千里回乡远，
多年在外勤。
行囊收拾压肩沉，
梦绕魂牵想念自家人。

摩托风中驶，
乡音耳畔闻。
风吹雨打也开心，
望里亲朋团聚庆新春。

山村傍晚

林间群鸟噪，毛竹绿腰弯。
雨过峰岚起，风来枝叶翻。
炊烟升屋顶，夕照映村山。
放牧归童唱，挑柴人未还。

乡 熏

孽植瑶山僻壤间，遐风[1]濡化性刚坚。
誓腾霄汉抟鹏翮，力驶征程着祖鞭。
半世攻关坚屡克，全心创业梦终圆。
此身平步康庄道，赖有根尘[2]赋胜缘。

注：

①遐风：影响深远的教化。

②根尘：佛教语。人之所依而能取外境者谓之根（人有六根），根之所取者称之为尘（六尘），合称根尘。

某大学生坚持拾荒俭学

周日拎包袋，匆匆去拾荒。
一心翻废旧，双手任污脏。
怜父沉担负，为儿当自强。
勤工坚意志，学士帽生光。

街道清洁工

夜偕明月早收杂，酷暑严寒道是家。
双手修成整洁美，一心改变乱脏差。
岂嫌辛苦和烦琐，不慕虚荣与奢华。
但见市容街道净，心情欢悦乐开花。

芭蕉根

瘠土插根深，
浓情爱主人，
旧时炊断日，
权代作饔飧。

小时候

日日餐餐玉米糊，
时加红薯与山蔬。
难吞苦荬蕉根涩，
常想新年杀大猪。

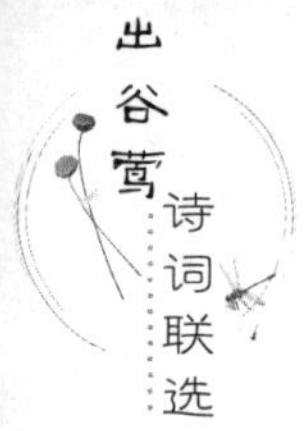

卜算子·童年

结伙两三人，
全是顽皮鬼。
打闹山边小路旁，
竹棍拴猫尾。

惹祸互推搪，
争吵伶牙嘴。
最怕爸爸斥骂声，
扭耳鞭抽腿。

忆童顽

乐乐呵呵无挂牵，天天玩耍放飞鸢。
馋餐肉菜希来客，想换新衣盼过年。
屡与游童相拌嘴，频招扭耳自惭颜。
忽然回想孩孺事，不再嫌烦老返癫。

卜算子·小时候过年

除夕想新衣，
缠着妈妈要。
但见瞪眸佯作嗔，
一哭妈妈笑。

初一尽春欢，
换上新装跳。
冒着严寒出晒坪，
掩耳烧鞭炮。

梦童年

岁月如飞逝，
儿时影尚鲜，
不知身已老，
犹梦哭娘前。

卜算子·小学周日也上学

四顾静无人，
桌椅当同伴。
周日原来不用来，
只我呆瓜蛋。

朗朗读声高，
不理人观看。
读到前山日落时，
爬呦天将暗。

南歌子·雨天小学放学回家

雨湿天空暗，
山高石路滑。
匆匆登坳赶回家。
生怕峰腰夜至急攀爬。

要站三休憩，
才翻两陡崖。
望中终见亮窗纱，
好不轻松驶步报爸妈。

留洋之夜

深宵神盹困，客梦水云寒。
月透纱窗亮，灯关午夜阑。
家乡千里念，游子百思缠。
辗转难酣睡，凭窗又倚栏。

卜算子·小学五年级时街上摆歌台做宣传

圩日摆歌台，
人小精神旺。
仓促编歌递字条，
大伙齐声唱。

四面众围观，
拥挤相推让。
但见多人点点头，
暗自心花放。

除　夕

千家万户乐，堂画换新颜。
灯火连双岁，钟声跨两年。
酒香欢宴后，歌乐影屏前。
灿烂烟花绽，来年别有天。

儿子出生

方筹下厂我添丁，遂以斌斌唤小名。
悔卖旧书还想赎，怕留工地转生惊。
曾愁藏砚传谁好，但愿能文比我精。
时届忙年难抚养，聊将亲吻作亲情。

儿子周岁

蜡焰烛光吹灭时，牙牙学语不成词。
休夸他日成才器，且喜今宵有颖姿。
两字红专期莫负，一门清白望能持。
双亲厚望情深处，问你乖乖知不知。

女儿出生

（一）

出院人来贺，应知女在床。
欢声圆好字，喜讯报高堂。
漫想能招婿，轻歌已引觞。
四年常占梦，久盼女儿妆。

（二）

难忘今宵不入眠，娇妞出院阖家欢。
定睛齐注摇篮里，得意偏生眉宇间。
爸腹无巴仍是父，家中有女始为安。
今生喜见能圆梦，膝下一双儿女全。

（三）

道是真人命，争传运气亨。
长怀九月产，果报一妞生。
客喜“仁”词贺，家欢“好”字成。
哇哇听女哭，添作乐家声。

喜得孙子外孙女

外孙妞满月,儿媳喜临盆。
难得重书“好”,欣怡又写“仁”。
“爷”“公”期待唤,“奶”“姥”候呼闻。
三代同堂乐,欢情何处陈。

儿子通过博士论文答辩

黄菊流金日，程文答辩通。
骄儿升博士，老父现欢容。
莫忘家常训，续圆基本功。
劳形篇牍后，方可上高峰。

出差惊悉母逝

（一）忆秦娥

悲欲绝，
惊闻噩耗哀声咽，
哀声咽，
慈颜顿杳，
寸肠摧裂。

春晖未报心纠结，
萱堂爱抚情深切，
情深切，
奈何仙化，
竟阴阳别。

（二）临江仙

常忆慈亲恩爱，
深忧母病垂危。
惊闻噩耗恨难归。
母仪千里远，
儿痛万钧摧。

年老挣捱忍苦，
家贫取舍强维。
锥心疼痛泪双垂。
回思情不尽，
追忆默哀悲。

沾　光

赴京加试喜眉扬，金榜题名乐更狂。
唯惧九重茕鼓翼，都传八桂首留洋。
神州初享维新利，学界先沾开放光。
珍惜机缘争骨气，西游如上练兵场。

赴欧留学

仲春三月远方行，负笈西欧万里程。
知识工程图掌握，尖端科技竞攀登。
心高莫惧攻关苦，志壮应凭爱国情。
择路青云求进步，他年旋返盼圆成。

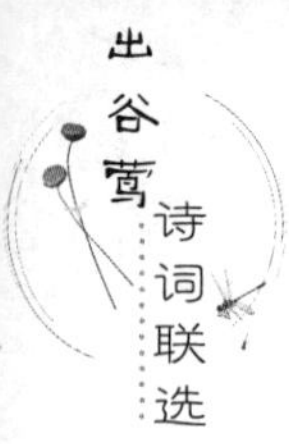

出国留学在飞机上

云阶月地旅西欧，四海风光眼底收。
深感机缘欣万幸，频招洋相惹千愁。
抬头远望天涯渺，俯首遥观地角幽。
几处云山浮海面，天梯是否在前头。

南歌子·偶遇黑发人

偶遇黄肤脸，
欣逢小眼圈。
米兰街上喜开颜，
猜是华人亲切欲攀谈。

远看头真黑，
详观眼不蓝。
遂将乡话道寒暄，
不料原来他是日侨男。

如梦令·思亲

水远山遥云布，
望不见家乡路。
夜半梦魂归，
极尽亲人欢聚，
思慕，思慕，
不禁泪珠如露。

除夕夜思亲

岁暮天边日已沉，月团犹缺半边轮。
家乡入梦将三鼓，异地归房独一人。
书兴未消流浪苦，天伦应享团圆春。
面包牛奶尝无味，怕望天涯更怆神。

十六字令·思

思，
一字能含几缕痴，
无须问，
别后自心知。

如梦令·加班写论文

常被机房迷住，
曾把晚餐耽误。
小店也关门，
无奈紧勒腰裤。
空肚，空肚，
牛奶也能充数。

首篇论文问世(在米兰)

常言万事起头难,喜已艰辛闯首关。
志在五关擒六将,心存四海竞千帆。
搔头寻路凭谁引?举目无亲独自攀。
何幸当年磨寸剑,扬鞭策马越刀山。

喜接博导聘书

（一）

平生未料此机缘，惊喜还疑梦里癫。
荣誉已经沾去岁，浮名遑敢望来年。
文多幸赖留洋早，累少全亏得妇贤。
疲我深宵今有寄，昂藏老早亦陶然。

（二）

伏枥羞言志，何缘尚据鞍？
着鞭怀祖逖，弹铗笑冯谖。
无愧神常爽，有为心自宽。
何须多造化，处处有灵山[①]。

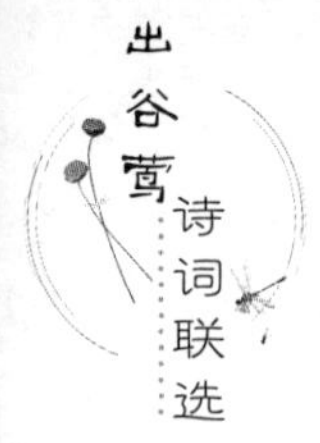

（三）

八载匆匆类转蓬，几将书味付青空。
纵贪深夜时无补，欲赋新诗意未工。
手接聘书存一望，肩挑重担迭双重。
三更灯火萤窗静，科技前沿尚可攻。

（四）

八载人梯铺路工，仁心已遂慰初衷。
曾尝下井迎投石，尚品扬帆遇逆风。
得失忘怀陶令德，乐忧垂意范公忠。
时清留得豪情在，寄意从今胜往功。

注：

①灵山：道家称神道居住的名山胜地为灵山。

已获国务院津贴又获博导津贴

再另加增压酒囊[①]，今生何患折腰粮。
休嗟嗜酒羞宣子[②]，岂为求鱼客孟尝[③]。
衣食无忧拼事业，心中有志竞专长。
天生我辈今当用，急起穷追趁体康。

注：

①压酒囊：宋朝官员领取的折抵俸禄的报酬物。苏轼《初到黄州》诗："只惭无补丝毫事，尚费官家压酒囊。"

②宣子：即阮宣子。《世说新语·任诞》："阮宣子常步行，以百钱挂杖头，至酒店，便独酣畅，虽当世贵盛，不肯诣也。"后称杖头钱为酒钱。

③孟尝：孟尝君，战国时贵族，承继其父的封爵为薛公，以好客著称。门下食客数千人，其食客冯谖因怀才不遇，常弹铗铗而歌曰："长铗归来乎，食无鱼。"

卜算子·喜建博导楼

何事特开颜?
即可乔迁喜。
房少人多不再愁,
快进新居里。

已住两层楼,
儿女还嫌挤。
此刻家中频笑欢,
眼看新房起。

鹧鸪天·同博士加班

幽静更深加晚班，亲同博士在攻关。
情怀坦荡心加壮，夙愿玲珑气更顽。
人已困，意犹酣，高难独创誓研钻。
一番幽梦终浮现，乐在机房忘夜阑。

一剪梅·职工住宅小区开工建设

一看庐居牵寸肠，
宅变蜗房，
人变迷茫。
群情焦虑刺心伤，
岂敢彷徨，
要敢担当。

购地施工奔走忙，
清出秋荒，
织出春芳。
蓝图放样已开张，
机在挖方，
人在围场。

大院北楼归复

上下攻关苦斡旋，
北楼归复愿终全。
谁能借我生花笔，
满院狂书写梦圆。

鹧鸪天·广西科技馆落成

代代声呼求变迁，修新拆旧梦终圆。
始传批准多中意，实赖攻关苦斡旋。
如做梦，幸机缘，华灯不夜耀欢颜。
将寻故迹今何在？岂敢欢新忘旧年。

任职将届满

不觉归期近，北楼归复初。
脸色添喜悦，眼角渐模糊。
去岁能施展，来年任卷舒。
别来何所忆？新馆与仙葫①。

注：

①北楼、新馆、仙葫：指广西科协大院北楼、广西科技馆新馆、广西科协仙葫开发区职工宿舍。这三个项目被广西科协职工称为“三大件”。

单位换届将离任

九载耕耘万事纷，情和事顺慰艰辛。
雄心重振拼余力，基础深夯献寸忱。
启后莫忘前覆辙，驰前还望后来人。
深情寄意新班顺，再创辉煌雷万钧。

刚离职回校

退省方知日子长，萧斋伴我度时光。
归林倦鸟图清静，解组衰翁重健康。
尽兴写诗情自在，消愁置酒醉何妨。
搜肠得句深更里，又像当年报表忙。

浪淘沙·重访原单位大院

暮色满长空，
怀旧情浓。
古城新院觅前踪。
时过境迁思往事，
心绪重重。

难忘九年工，
事顺人通。
遍尝甘苦畅心胸。
只恨埋头急赶路，
来去匆匆。

南歌子·搬家

陋室蜗居久，
多年度日温。
遮风养子又添孙，
房小人多挤住几经春。

夙愿将成遂，
邻居难舍分。
欢谐和睦共晨昏，
临走徘徊回望意沉沉。

四十八岁生辰感怀

百年将半叹蹉跎，少不如人奈壮何。
释褐[①]攀云非我愿，飞熊入梦赖君歌。
书生积习憨难变，鼯鼠穷能[②]志未磨。
拼搏激情方鼓动，梳头惊现发斑皤。

注：

①释褐：褐，粗麻布短衣。释褐即脱去布衣，穿上官服，即做官。

②鼯鼠穷能：借指技能虽多却无专长，不精一技。

五十初度

匆匆岁月逝光阴，往事如烟忆迄今。
夜梦三更关事业，年华一半付烝云。
每翻尘箧书空满，常坐灯窗夜已深。
莫厌稀丝窥镜白，豪怀不改少年心。

感 慰

人生才一瞬，已是白头翁。
回味多年益，赢余两袖风。
草荣难久绿，枫锦始娇红。
忘物襟怀志，堪嘲名利虫。

争　先

未有称心绩，争将尽力抓。
春来不放过，冬去赶销差。
日里穷追逐，夜班拼劲加。
有为心自足，荣辱任由他。

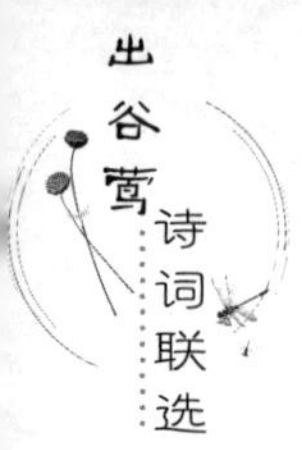

练　志

历尽艰难铁骨铮，刚坚意气积修成。
敢迎风翥三千里，不畏人馋一两声。
困境权当磨壮志，安怡只会养浮名。
多年过往甘回首，待整行装再启征。

西江月·立志

云卷云舒自在，
顽强懦弱人为。
雄心壮志吐芳菲。
无能终生羞愧。

莫梦槐柯富庶，
应怀忠悃追随。
男儿处世立丰碑，
奋勇担当无悔。

示意儿孙

喜见儿孙绕膝前,为师攻读各争先。
勤劳刻苦遵慈训,拼力攻坚逐梦圆。
企望怀才光累祖,尤期创业着先鞭。
传家素有勤和俭,健康成长靠志坚。

孙子考上大学

（一）蝶恋花

喜事频逢心绪爽，
品学争优，
孙子终成长。
名上南方科大榜，
称心不负多年养。

梦又依稀思过往，
培育艰辛，
企望成龙蟒。
奋志从来常训讲，
如今乐见为翁想。

（二）

名题金榜乐难禁，喜见乖孙入虎门。
十载寒窗苗展叶，一朝暾日梦成真。
恢扬父辈攻坚志，拓展宗亲创业心。
企望雏鹰初展翅，重霄振翮跷腾云。

无欲心宽

闲时重照镜，青发忽偷斑。
岂是因年老，只缘工作繁。
惜阴流电逝，成事遇艰难。
唯有堪称处，无求心自宽。

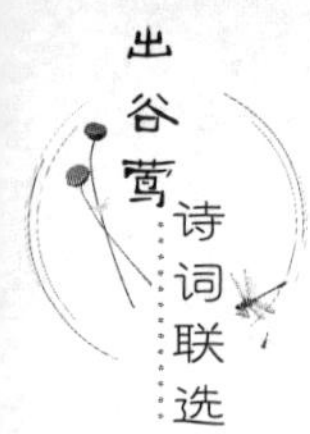

知

读书吟诵莫空谈，
矢口成知似简单。
谨勉诸生须记住，
求知容易格知难。

临江仙·五十岁生日感怀

鬓上已生银发，
袖中唯剩清风。
忙身向晚夕阳红。
童心犹宛在，
老态已龙钟。

几度星移斗转，
多般露冷霜浓。
浮沉半世已闳通。
悠悠怀往事，
切切奋新功。

不服老

转眼苍颜蓬发斑，此心还似少年顽。
萤窗长亮寻思路，卧室常明布道关。
饮酒每嫌杯太小，推求骄乐脑还馋。
双肩仍欲承担重，不顾儿孙笑我憨。

从教感怀

教苑驰龄四十多，频年激越未蹉跎。
常萦课室呕心血，习以萤窗枕旦戈。
桃李芬芳齐晱艳，青丝零落惭斑皤。
亲耕园圃丰收季，高唱胸襟感慨歌。

暮年感怀

暮耋方知世路宽，金光大道满春园。
冯唐垂老心犹壮，枥骥衰年志尚耽。
闪闪天安星耀灿，宽宽逵路步康坚。
平生久客邕江畔，看惯乘风万里船。

蝶恋花·念同窗

犹记当年相互助，
劳燕分飞，
各上天涯路。
喜见业成功劳著，
魚沉雁断凭谁诉。

永夜相思千百度，
晓梦惊残，
白发添无数。
英俊华颜留不住，
同窗情谊亲如故。

酒后抒怀

酒后情豪畅咏魂,便乘微醉诵诗文。
充腔血热催心奋,满室书香振眼昏。
忍想年华随逝水,唯忧事业付纤尘。
花甲已至犹高就,莫再贪杯西凤醇。

六十抒怀

周甲今已至，犹在据征鞍[①]。
还晋新岗位，仍肩重负担。
趋行嫌滞钝，跨步恨蹒跚。
心欲拼余力，儿孙莫笑憨。

注：

①据征鞍：汉将马援在光武帝面前据鞍望帝，以示可以出征。后用“据鞍”喻壮志未减，可以出征。

感　慨

已是龙钟态，沉浮悟也迟。
情狂都怪酒，意纵只因诗。
玩乐无闲顾，趋炎不屑提。
身虽伤告老，心尚壮年时。

南歌子·开夜车

深夜埋头写，
凌晨困眼开。
妻儿笑我是书呆：
“一副穷酸模样硬撑挨。”

嗜执鞭追驾，
嫌遛狗打牌。
心怀继往盼开来，
莫待韶华逝水独伤怀。

一剪梅·深夜写书稿

眼困昏盹手未松，
睡意朦胧，
心绪朦胧。
深更又犯写书疯，
壮志如虹，
睡意如虫。

原稿翻新第几重？
满脸通红，
满目迷蒙。
浓情笔杆也通融，
不忍催工，
还得催工。

理发店

绝顶功夫技艺专,开张服务力周全。
洗除皮表脏污秽,剪出新装秀首鲜。
苍发焗油增气派,青丝吹烫换新颜。
边谈边笑轻松理,美店名声到处传。

毕业典礼

华堂典礼众心萦，别绪依依突并生。
学伴有缘长所以，居诸无奈忽销声。
昔年俨似同巢燕，来日翻如出谷莺。
聚散虽然原预料，将离未免感交情。

从教生涯

几十年来执教鞭,科研授课苦钻研。
萤窗灯火迎朝暮,淡饭粗茶度暑寒。
桃李春风天下灿,青丝霜鬓镜中斑。
频缠甘梦园中乐,心绪坦然无限甜。

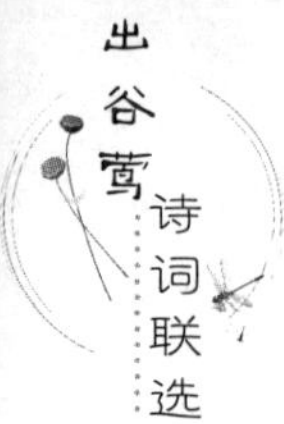

吟　诗

青春不再惜时辰，只恨韶华逝水奔。
有兴常吟诗圣句，无心冒进俊才门。
人难饱学知难尽，山自高崇水自纯。
诵畅襟怀常朗咏，心胸开扩忘年尊。

打太极拳

丹田运气嘴呼风，踢腿揎拳势吐虹。
推掌提筋频紧缩，收梢畅骨放轻松。
招招花式吞云志，遍遍曲伸弓步功。
完事苍颜红润再，回行舒畅走从容。

西江月·广场舞

丽曲轻盈优雅，
翁妪舞步翩跹。
柔和音调畅心弦，
动作轻灵敏练。

招式频翻花样，
腰身弯扭回旋。
晚晴韶岁似青年，
锦绣芳春再现。

西江月·老退

老退悠然潇洒，
清闲活似神仙。
孙贤子孝夜安眠，
无虑无忧笑面。

不再加班熬夜，
全家团聚欢颜。
亲朋时聚畅聊天，
人见千般仰羡。

西江月·看老两口湖边散步

手握半瓶清水，
身披一抹朝阳。
衣兜机响老歌扬，
乘兴依声哼唱。

时议来年心事，
闲聊往日家常。
湖光也解此情长，
映入水中浮荡。

临江仙·看老俩口补拍婚纱照

羞戴婚纱时尚，
飘然自笑失真。
敷朱施黛倍精神。
浓妆颜面美，
淡抹皱纹匀。

岁逾稀龄返嫩，
人逢盛世开心。
霜头前额发染熏。
风光容貌靓，
晚景老来春。

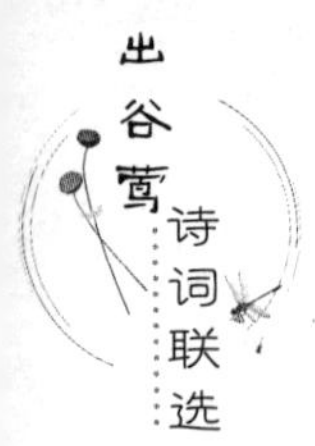

蝶恋花·春情

满目春光苏万物，
拂翠飞红，
似锦奔康路。
喜庆欢歌闻处处，
前程灿烂催人步。

白发何需嗟日暮？
壮志犹存，
激发雄心驻。
舵正航船千众渡，
谁还肯把韶光误？

水调歌头·七十岁生辰

转眼古稀至，
似水逝流年。
韶光闪眼飞掷，
惋惜也徒然。
对镜苍头白发，
照脸深纹皱频。
凹凸已难填。
纵有返春药，
难复旧时颜。

力攻读，勤事业，敢当先。
勇于拼搏，
苦事争在别人前。
从不贪名逐利，
唯有扬清刻励，
无欲自安然。
一页人生录，
留给子孙传。

蝶恋花·回访

阔别十年回旧处，
物异人新，
不辨当时路。
门卫问询何要务，
似曾相识当年雇。

欢聚一堂相会晤，
喜看中庭，
种满花和树。
谈笑声中神贯注：
新人个个都优酷。

西江月·农家乐

户外天寒地冻，
家中炭足炉红。
寒冬腊月话年丰，
喜笑颜开激动。

几户新居兴建，
一条高速修通。
农家致富脱贫穷，
股股小康潮涌。

卜算子·人老心宽

脸皱秃头颅，
人老胸怀犷。
谁说年衰孤苦怜，
我倒心欢畅。

傍晚步春园，
晨起高声唱。
乐见儿孙各自忙，
放胆街边逛。

人老心安

岁月知何去？青春已晦湮。
有成圆足矣，无欲自安然。
莫叹冯唐首，宜欣伊甸园。
后生成大器，纵老也开颜。

西江月·闲居

已惯辛勤劳碌，
何甘自在悠闲。
千般苦累已尝全，
无事偏生厌倦。

欲享人间清境，
宜登鹤岭危巅。
心曾涵沈九重天，
欲遂平生夙愿。

临江仙·金婚

凤侣鸾俦半纪，
风霜雨泽沧桑。
相濡以沫两情长，
心中蜂酿蜜，
话里口含糖。

苦累分担依旧，
温馨体贴如常。
夜谭恰似燕飞双，
齐迎风雨暴，
同啃菜根香。

临江仙·留霜发

欲剃光头她耳语：
“留它掩饰苍颜，
原装牵系意缠绵，
根根熟我眼，
片片印心田。”

此后还需梳剪理，
今生休想偷闲。
疏班霜发布周边，
朝梳遮秃顶，
夜洗露童颠。

西江月·建党百年两老同获优秀党员

在党长超半纪，
多年接受栽培。
心存竞奋步骀催，
常念前尘霑霈。

今日颁宣褒誉，
翁妪获奖荣归。
全家欣喜慰情垂，
事业回眸无愧。

南歌子·喜获“全国模范和谐幸福家庭”称号

似梦真非梦，
非夸实似夸。
证书嘉奖乐全家，
引我文明观念与时加。

既要行身正，
还求意识佳。
应知当处是寒家，
就在长城脚下姓中华。

喝火令·老伴

眼角伸鱼尾，
银丝挂鬓边。
详观还是旧时颜。
岁月刷然消缩。
如梦逝流年。

屡屡相呼唤，
常常互挂牵。
几多回忆现身前。
记得当初，
记得共辛艰，
记得与谁牵手，
默默两心连。

卜算子·偶忆

路过那条街，
想起春花朵。
忽忆当年到这家，
伯母偏疼我。

往事记犹新，
各已安其所。
回首天真燕语诚，
不敢思如果。

抒　怀

踵事增华志，霜头不自卑。
青春知已逝，壮志敢重回。
万念皆今是，三思岂昨非。
时光不我待，急起快穷追。

眷　念

眷念为师四十春，争妍桃李艳森森。
人生有限情无限，岁月无痕脸有痕。
去日曾经留好梦，来年讵肯负初心。
此身何止回眸乐，赶趁余年寄夕曛。

南歌子·怀旧

退省人衰老，
课堂门面新。
当年授课几精神。
老调重弹何处再驰轮？

只恨时光速，
还将旧梦寻。
原来踪迹此时心，
安得豪情如故续耕耘。

南歌子·回首

岁月频添银发，
身心曾历坎坷。
青春虽掷流连梭，
值得称心圈点绩无多。

少壮曾伸大志，
衰年莫叹蹉跎。
躬耕福海志蹈波，
宜仰长天问月再砻磨。

迎春述怀

星移斗转又新春，流逝韶光迅似奔。
展望前程迎坎坷，回眸既往历艰辛。
心空利欲行方正，志满攻坚绩洊臻。
寄意来年坚意志，身肩事业喜来频。

岁末感怀

（一）

腊尽冬终旧岁残，霜头怕向镜中观。
艰辛去日施为少，灿烂来年梦景宽。
书海无涯精卫惧，鹏天已老女娲难。
春归应有宏图愿，展望前程欲仰攀。

（二）

日历翻新页，匆匆又一年。
沉浮方泊岸，邂逅又扬鞭。
得意迎新岁，称心忆昨天。
人生雕刻苦，苦尽自甘甜。

岁　月

光阴飞逝去无痕，岁月如流迅似奔。
昔日科坛常入梦，于今教苑每牵心。
白驹弹指穿篷迹，华发栽头刻面纹。
莫向来时追往事，夕阳辉影照从新。

延　退

（一）

亲抓要务事为先，上级期求任职延。
三大工程情未尽，九年公位久无前。
不忧仍旧门庭热，只愧原来建树纤。
且把身心关远业，吟诗好赋夕阳篇。

（二）

不慕虚荣惯饭牛，常思事业有奔头。
写诗难觅江郎笔，退岁仍披李广裘。
新建工程抓进度，多年宿愿献鸿猷。
春风暖保顽躯健，待胜圆成岂妄求。

南歌子·退位

让位弹尘去，
辞官笑意来。
机关离去莫徘徊。
回想多年何事不萦怀。

几度晨昏逝，
双肩担负裁。
长留美忆畅心开。
从此悠闲不再苦撑捱。

临江仙·退休

尽享天伦乐事，
全无公务劳神。
平生难得自由身，
亲朋团聚易，
故里去来频。

往日繁忙犹记，
陈年苦累焉存？
双肩释负已成真。
前尘无憾事，
后继有强人。

回　念

回首科坛浩瀚深,衰身退后念前尘。
曾经坎坷攻关乐,尽历艰难思路新。
战友轮冲枪万发,全员转战劲千钧。
灯前时忆当年事,书稿鸡窗鉴此心。

回 思

逝去韶华迅似梭，科坛教苑乐跎跎。
埋头苦干身添累，赤手深研夜枕戈。
漫诩风光仍洒落，不堪心志速消磨。
功成名就虽天定，无奈青青发已皤。

坚持不懈

愧无张旭草书狂,亦未畅刘伶饮觞。
竽滥难随南郭躲,才疏岂学孔融慌。
风吹帽落山犹在,发脱书香味未荒。
而后余生甘逐兔?枕戈仍待祖鞭扬。

南柯子·逍遥曲

自在如云荡，
逍遥似月悬。
诸凡知足事随缘。
共享人间温暖乐思甜。

修省恭谦让，
践行勤德廉。
吃亏难事勇当先，
怀揣方心无愧自安然。

退后夜思

身退清闲后，常常静夜思。
欣欣怀昔日，每每想来兹。
愧少堪称绩，羞多过誉词。
无私心自满，名利岂求之。

退休乐

去除公干似童顽，难得身松免扰繁。
每在厨房帮炒菜，时能超市紧跟班。
摇头摆脑弹陈调，检字敲音弄键盘。
进退皆由年岁定，清闲日子自心安。

老有所乐

攻关授课事往常，得失于今淡欲忘。
转学醉僧怀素帖，又吟诗圣少陵章。
何曾撒手科研欲，未负初心报国狂。
无事悠然思既往，称心且享夕曛光。

惊　梦

教室窗开气粹清，
堂中满座聚神听。
昂扬讲授声惊醒，
自笑原来常梦萦。

一剪梅·七十自遣

将涉人间七十霜，
发渐焦黄，
面渐焦黄。
一肩书匠一肩双。
心在扬鞭。
身在黉堂。

半世书香喜出洋。
面布秋霜，
力驻春芳。
枯枝败叶壮苗秧。
乐克艰难，
乐蓄声光。

西江月·自嘲

有志永当书匠，
无心再戴乌纱。
萤窗伏案写生涯，
自觉潇潇洒洒。

壮岁屡逃高就，
衰年方肯升华。
新工旧业两边抓，
谁辨精明与傻。

自　励

坎坷人生路，风霜伴迹踪。
事亨须警醒，境逆要从容。
吃苦方成器，蹈难才见功。
修身需毅力，振奋莫疏慵。

自　绳

霜发凋零落，尘灰岂许凌。
莫图浮世梦，禁绝盗虚名。
正道须坚守，歪风切莫行。
勿随流俗转，葆品洁晶滢。

自　矫

人无奢望自心宽，
任历浮沉意坦然。
回首今生无憾事，
誓凭余力再扬鞭。

自　感

平生憨且厚，诚信不佻轻。
非富身非贱，未穷心未惊。
不贪名与利，唯重德和行。
自在无忧虑，安然怡悦宁。

南歌子 · 自乐

世上逍遥客，
家中乐笑翁。
三杯过后又还童。
吟咏诗词高唱夕阳红。

未做升迁梦，
曾存造化功。
宽心惬意任穷通，
不慕虚名只怕酒壶空。

浪淘沙·自适

退省复何求？
吃住无忧。
陈年往事费回眸。
世外桃源多雅静，
常乐悠悠。

无事岂甘休？
活似疯头。
东拉西扯任吟讴。
常赋闲情当笑料，
傻笑无由。

自　况

回首峥嵘岁月艰，唯凭忠厚养欢颜。
一腔心血攻关乐，两袖清风入睡安。
脑际了无名利计，心中只有祖鞭悬。
此身能算归何类？半是书生半是缘。

自　忖

粉染灰沾两鬓丝，人生百味自心知。
香甜可口偏伤胃，苦涩呛喉能健脾。
见证坚强知矢志，看穿懦弱识庸卑。
从兹悟得薰莸理，操品行为应忖思。

自　勉

生来质朴若愚顽，性好攻关志悍坚。
许愿无时甘落后，求成有意力承前。
常思励志师陶侃[①]，更想顽强学史迁[②]。
科海攻坚排巨浪，多研成果慰先贤。

注：

①陶侃：东晋时期人，早年孤寒，后任荆州刺史、广州刺史。在广州任上时，早上搬一百多块砖头到屋外，晚上又搬回，以励志勤力。

②史迁：即司马迁。

自　慰

抱负空怀志未伸，韶光虚掷费思寻。
平生厌学挣钱术，永世甘为做嫁人。
往后须眉伤异昔，从来面目喜如今。
时光稍纵飞流逝，更待何时始献身。

自　悟

萧萧落木日西沉，夕照催人忆昔今。
物换星移怀既往，境迁时过悟从新。
溟鸿展翅凌云志，骏马扬蹄骥路心。
几度秋凉风过后，幡然清醒振精神。

自　刻

此生流步忽匆匆，去迹来踪类转蓬。
雨雪风霜当澡扇，功名利禄等鸡虫。
未经危难恩仇少，尽历沧桑感慨丰。
渴望规恢拼抖劲，夕阳明月畅心胸。

自　足

从无贪富乐廉贫，
虚号轻如马后尘。
古树稀青犹拂翠，
春风偏熨额前纹。

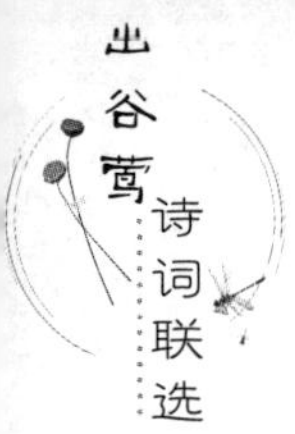

自　怡

愚顽从不与人争,何曾卖弄小聪明。
长期磨练初展志,微献辛劳忝盛名。
廉颇老衰诗送饭,陶潜归去笔兼耕。
憨牛身退堪欣慰,岂敢居功讨好评。

自　娱

沉浮赢两袖清风，得失于今已忘空。
畅饮问天[①]苏轼酒，闲吟归去令株[②]农。
多经捽手超阶晋，未负萦心报国忠。
慎保遐龄争上寿，千山万水印游踪。

注：

①问天：苏轼词《水调歌头》："把酒问青天"。

②令株：陶渊明，又名陶令株、五柳先生、陶潜。其名作：《归去来兮辞》。

孝

人间百善孝为先,美德神州万古传。
董永卖身筹葬父,孟郊晖焕报慈颜。
羔羊跪乳回酬谢,乌幼怀恩反哺衔。
万物情深虽广义,强根固本始花妍。

西江月·怀念双亲

怀念慈亲情切，
回思孝子心悲。
衰颜全是子孙催，
辞世亦因劳累。

多少愀伤遗恨，
无穷悲泪长垂。
儿男未尽报春晖，
面对遗容疚愧。

钗头凤·清明节哭念双亲

崇山壑，童年乐，
贪欢顽要牵牛角。
云崖路，重回顾，
深情悬念凭谁诉。
误，误，误。

长分各，伤频错。
寻思返想真难过。
慈亲育，恩呵护，
哀矜仙逝悲啼吐，
哭，哭，哭。

清明思乡

春雨纷纷逐逝川,故园寻影莽如烟。
双亲孤冢迷荒草,游子伤心托杜鹃。
事业虽成朋辈助,前程无虑故乡牵。
天涯呆望家山渺,日夜幽思频梦缠。

一剪梅·秋岁感怀

开七登秋引默思，
发像银丝，
臂像松枝。
酸甜苦辣自心知。
回想当时，
更想来兹。

珍惜余年当自持，
不叹秋思，
且咏春词。
夕阳堪可待蹰踟。
策马争驰，
恨马行迟。

阮郎归·星夜江边

流江奔荡水淙淙，
寒星满夜空。
欲从茫渺问苍穹：
年华流水中？

云杳杳，
夜蒙蒙。
人愁听晚钟。
茫荒难觅旧行踪，
沉思自动容。

回 首

粉笔生涯几十年，攻关授课奋争先。
辛勤半世倾肝胆，劳碌全心薄位权。
终日寻思培雅士，长年苦想出高贤。
生徒不负云霓望，博士莘莘各拔尖。

清明祭双亲

（一）

墓园荒草乱，四处杜鹃声。
醴酒坟前祭，烛香碑际明。
冥钱呈孝愿，悲泪拜亡灵。
父母仙何处？还能闻唤名？

（二）

严慈仙逝已经年，常念孜孜难入眠。
岁月无情驹隙逝，晨昏深宠弱孤悬。
千秋永忆鸿恩重，万代长怀顾爱怜。
醴酒馨香临祭祀，含悲洒泪酹幽泉。

大集中祭祖

集中同祭祀，先祖面荣归。
致富儿孙领，成功子弟随。
祭文碑际唱，冥纸墓前推。
几百人轮拜，誓增先辈辉。

望　乡

（一）鹧鸪天

故里依稀频梦缠，离家日久想乡关：
山前阵雨羊惊跑，屋后青坪牛饱餐。
鸡呃喔，鸟呢喃，芭蕉树侧李桃柑。
天涯念远呆呆望，何处崖边我干栏。

（二）浪淘沙

静立手凭栏，
伫望遥天。
欲从茫渺找乡关，
再向杯中图一醉，
或解愁颜。

呆眺远山边，
茫渺幽玄。
乘风来去鸟飞闲。
枉看天涯无觅处，
思绪绵绵。

深山老家

干栏独自坐山陲，
四面悬峰堵外围。
望去碁中无出路，
鸿心征鸟誓高飞。

教授楼

远观疑别墅，又像老山家。
苍翠门前树，娇妍院后花。
日晴飞斗雀，夜静唱鸣蛙。
回望来时路，如添锦上花。

第三篇　社会交往

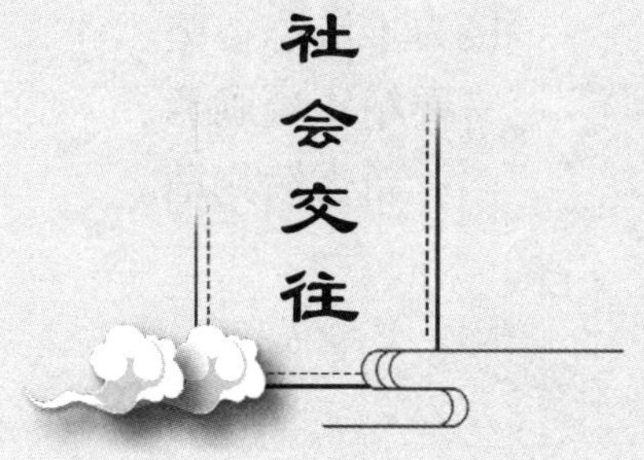

为桂林市科协成立五十周年纪念画册题词

来程不易去程艰，
接力推波志益坚。
一卷精华凝画意，
伫看新秀续鸿篇。

贺都安山葡萄酒获巴黎博览会金奖(二首)

(一)

山野葡萄自古传，星霜寒暑任推迁。
始今佳酿方开发，自此瑶山始竞妍。
角逐西欧金匾奖，凯旋东亚美名宣。
振兴经济千秋业，更上层楼别有天。

（二）

山葡萄酒敬杯初，返璞归真醇旨余。
斟尽犹思仍滴有，宴酣还问尚添无。
久闻山野多珍果，终信瑶乡富宝壶。
国际金牌光海内，开筵应解向谁沽。

贺都安瑶族自治县四十周年县庆

家乡何处不甘棠，回首春风四十霜。
在昔千山皆石漠，于今万弄尽牛羊。
心悬故里情方动，面对宏图喜更狂。
乐见乡亲添笑意，道旁欢语话沧桑。

幸遇王光远教授于米兰题赠

高名久仰望瞳穿，岂料他乡竟有缘。
声誉如雷曾灌耳，才名似电早惊天。
三关手下追诸将，四海头前赛众仙。
多谢出师边塞外，亲传法宝赠神鞭。

应启蒙老师韦树兰求题

种成桃李满园春，物望群推唯大人。
愿做春蚕丝吐尽，勤耕瑶圃树成荫。
功同坳道千盘耸，德比峰峦万仞沉。
历赐金言成座右，西游回首感师恩。

留学期满回国与同学握别

深交三载共磨研，邂逅留洋幸有缘。
共勉同怀强国梦，将离各感别情牵。
羡君遒进招人赞，愧我蹉跎负众传。
握手机场分袂后，不知相聚又何年。

南歌子·工民建专业60级同学聚会赠言

别值风华茂，
相逢鬓发斑。
风风雨雨打航船，
浪里沉浮拼搏稳征帆。

回首寒窗读，
填胸热气翻。
终能如愿跨征鞍，
圆满功成夕照自斑斓。

工民建专业82级
毕业三十周年聚会发言

依依分手几经秋，如愿功成聚故俦。
绿李红桃常梦会，雏莺乳燕已鹏游。
胸怀伏虎降龙志，心壮惊天动地猷。
三十周年欢聚会，同商更上一层楼。

工民建专业73级毕业四十周年聚会感言

（一）

当年相处记犹新，聚首回眸感慨深。
梦里依稀同讨论，胸中隐约共谈心。
欣闻创业多佳绩，喜见功成盖等伦。
四十周年同庆贺，谨擎杯酒敬功臣。

（二）喝火令

相聚亲如故，
滔滔话昔今。
几多回顾动人心。
冥想多年奋斗，
事事乐追寻。

共忆来时路，
重温历苦辛。
大家都是自强人，
有志攻坚，
有志献青春，
有志践行宏愿，
为国立功勋。

浪淘沙·工民建72级毕业四十周年活动祝酒词

立业四旬年，
欢庆三天。
言功叙旧话当前。
久别重逢情不禁，
倾语难全。

回首忆当年，
往事绵绵。
最难忘记是情缘。
昨日春花虽已谢，
友谊长鲜。

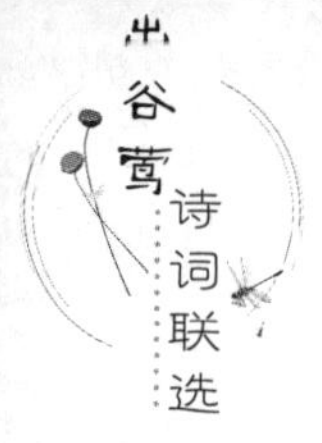

工民建60级同学入校六十周年聚会上发言

（一）

青春岁月记犹鲜，老迈回眸入校园。
梦里依稀同讨教，胸中隐约共精研。
欣闻创业多佳绩，喜见成功非等闲。
六十周年同庆贺，齐怀欢悦忆当年。

（二）

邻班异届共磨研，几载同窗幸有缘。
昔日齐怀强国梦，多年各感别情牵。
羡均长进招人赞，喜不蹉跎获美传。
多谢今宵邀共庆，祝同康健享华年。

临江仙·老同学云端聚会

曩昔同窗攻读，
满园桃李芬芳。
分飞劳燕各遥方，
依依惜别话，
偆偆沁心房。

抛掷韶光如梦，
攻坚各献专长。
成功业绩喜辉煌。
云端今聚会，
坦笑乐无央。

蝶恋花·老同学微信同乐

昔日同窗犹似昨，
劳燕分飞，
所向途宏拓。
回首攻坚均践诺，
悠悠往事欣寻索。

喜悦心情思所获，
老退休闲，
每每欣追溯。
奋斗多年成绩硕，
云端共勉同欢乐。

老同学校园聚会

常会同窗在梦乡，重逢已是老昂藏。
当年活泼青衿子，今日衰微白发郎。
休战尖兵枪未放，伏槽良骥志犹昂。
欣然共聚书窗里，酣笑高歌乐满堂。

久别的高中同学聚会感言

还问先生你是谁，容颜似是又疑非。
人生可叹青春短，面目堪伤鬓发灰。
握手寒暄知实干，交谈热侃感猷为。
分行骥路睽离久，难得相逢共举杯。

卜算子·缺席同学聚会

空盼聚同窗，
惜不南宁见。
欲诉曾经孰与谈？
权在他乡念。

回首忆当年，
体力天天练。
岁月犹如逝水流，
遥祝同康健。

卜算子·题送高考落榜的朋友之子

失手莫悲伤，
当作翻筋斗。
漫道悬名上榜难，
路在书窗口。

成事靠坚持，
机会年年有。
放眼前程下决心，
直向高标走。

访问村小母校

家乡思念忆前尘，老迈回眸感慨深。
夜梦依稀爬陡岣，晨趋隐约跑山岑。
痴情不忘投师日，皓首难移念旧心。
访问当年村小校，报偿荒幼启蒙恩。

贺小学老师九十五大寿

阳春山寨一苍松，劲干遒枝塑逸龙。
桃李芳园滋硕果，椿龄贵子做尊翁。
根深屡历蛮云雨，叶茂常经翠谷风。
师表德才堪敬仰，期颐更待焕神容。

悼念启蒙老师

惊闻师长殁音容，悲痛无端泪眼红。
雾罩昏天全暗淡，秋明圆月半轮空。
前程进步凭开导，年幼顽童赖启蒙。
造化不均何太甚，难留再见大恩公。

久别同窗聚会

（一）

久别同窗聚一堂，欢声满室气高昂。
金杯影共浓情厚，喜气声随雅兴长。
宴席佳肴添数碟，离愁萦梦忆千场。
夜阑分踏归程月，惜别依依又感伤。

（二）

聚会同窗握手间，龙钟老态各衰颜。
如烟往事长时梦，似水流年何处拴。
一药难求唯别绪，终身永忆是从前。
声声珍重临别话，共勉安康做寿仙。

老友夜叙

频年往事共牵情，坎坷油然感慨增。
奋斗生涯蚕曳茧，攻关时运夜明灯。
书斋万卷萤窗亮，垅亩千山丰岁登。
久别良宵长夜话，辉煌朝日待东升。

宴同窗

难得同窗赴我筵，攻关互助已多年。
休言老去欢情少，只觉新来饭量添。
私宴频喝元亮酒，浓情还诵少陵篇。
座中尽是高声乐，话到宵深意渺绵。

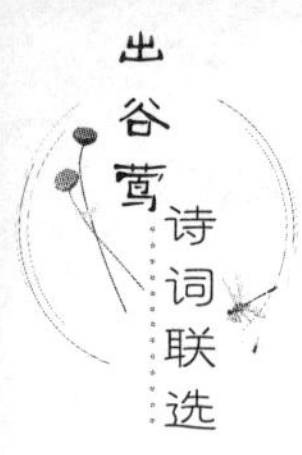

真诚感谢朋友资助

嘉朋挚友侠情深,竭力劳神济渡津。
出谷飞莺忧折翅,垂矜关爱挂焦心。
挥捐大笔家资蓄,掏出多年血汗金。
铭感真情淳义举,诚怀永矢谢丹忱。

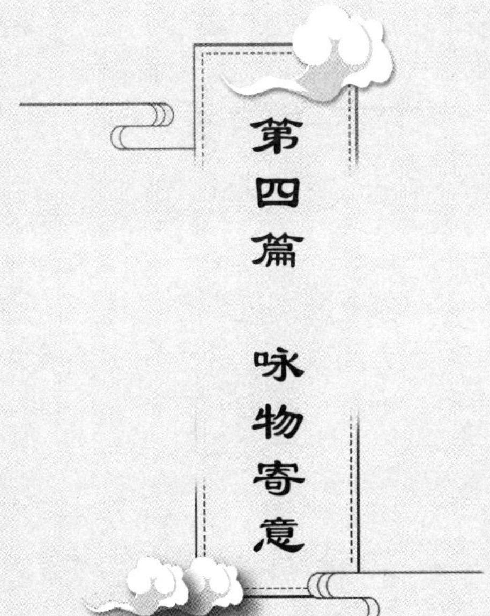

第四篇　咏物寄意

十六字令·山

山，
傲立云端近广寒，
人间众，
谁敢比高巉？

山，
莫恃峰高命不凡，
登巅立，
矮我半根竿。

筷　子

餐餐挟取急匆匆，
尽送他人福口中，
一世酸咸苦辣里，
从无怨气不争功。

水

（一）

五行排序列名三，万物滋生赖尔繁。
遇障恭谦身避让，逢通奔泻势冲关。
寒坚暖软来回复，冻硬温柔往返还。
大禹轩臣曾浚治，扬长避短利人寰。

（二）

平淡自清幽，
逢山绕道流。
从无攀上意，
默默载行舟。

瀑　布

（一）卜算子

狂沸泻山崖，
珠撒金星灿。
拼搏争将过险滩，
湍濑游朋赞。

滂注已多年，
直让人兴叹。
不畏艰难向下奔，
疑是江河站。

（二）

奔腾狂泻势摧山，如挂悬河流险滩。
从不高攀争向上，千寻一落壮观瞻。

老黄牛

（一）

满目连绵杂草荒，躬耕勤力轭肩扛。
拖犁后望田翻土，举首前瞻谷满仓。
汗滴珠珠肥壤沃，蹄留处处印痕长。
艰难步履犹撑拄，默默无求自斗强。

（二）调寄卜算子

负轭气吁吁，
苦累还憨厚。
渴饮污沟饥草茅，
不怕长鞭揍。

从与世无争，
忍苦甘含垢。
誓作人前孺子牛，
蹄印春耕后。

（三）

历尽田畴劳苦天，
牵犁拉货忍长鞭。
平生憨厚勤耕作，
垂老依然轭在肩。

（四）水调歌头

体壮劲强韧，行善示忠心。
一生劳作负重，垄亩事耕耘。
应谢老天塑造，倍感人间喜好。
惯听你哞音。
千般均榜样，万畜独君亲。

情憨厚，性忠善，特劳勤。
何辞苦累，唯欣迎到岁丰临。
茅草权充饥饿，浊水常喝解渴。
默默度终身。
屡见秋收喜，何憾历艰辛。

空　调

入夏卧房方识荆，开颜笑面富风情。
才同我辈关窗读，又在厅堂将客迎。
静默无声新气爽，深忧有意娱神清。
堪怜凉快空调命，竟是氟昂气注生。

西大碧云湖

芒果桃花水底鲜,饰装堤喷伏龙涎。
浮来汲练流波月,映入珠星泛浪天。
沙渚蜻飞时上下,池亭燕掠忽蹁跹。
秋高湖镜蓝空灿,光耀楼群书苑间。

赞广西大学土木楼镜面玻璃幕墙[①]

（一）

盈盈若水罩厅门，栋宇风光一角分。
望去似墙还有树，照来如我竟无人。
蓝图几代曾同绘，望眼多年不徒睁。
愿把系名沾面上，满园桃李影横陈。

（二）

一镜高悬云彩边，朝迎红日独争先。
银光反射微茫处，花影犹生指顾间。
玉幕琼辉惊过客，萤窗灯火惜流年。
欣闻世事偿人愿，兴废昌衰不在天。

注：

①广西大学土木楼是笔者在任土木系主任时，向社会筹资兴建的八千多平方米的九层教学办公楼，是当时广西大学最高楼，也是首栋有电梯的教学楼。

西江月·春园傍晚

雨后和风拂面，
青蛙湖里聊天。
含情芒果任风掀，
新绽桃花鲜艳。

老幼悠然漫步，
翁妪扭舞蹁跹。
花园几处乐声喧，
一派春情活现。

冬夜赏邕江

桥上披襟挡晚风，凭栏爽我览江容。
灯收镜面连千里，影约楼群迭万重。
驶往轮船相让过，穿沿汽艇各驰冲。
平湖夜半犹忙碌，映入繁华第几冬？

屋边荷塘

屋侧荷塘知我心，
出门如嘱效莲身。
留神风雨污泥路，
切莫染沾贪腐尘。

西江月·春色

料峭和风吹雨，
呢喃新燕营巢。
桃红李白斗妍娇，
弄色繁花艳俏。

田里秧苗转绿，
溪边竹笋标高。
背儿耕作共驱劳，
下地人群喧闹。

西江月·秋色

风弄稻田层浪，
鸟飞林海交声。
桂花山菊竞鲜明，
远处新楼封顶。

黄叶濡沾白露，
丹枫频送香馨。
喧天锣鼓庆丰盈，
谷满家家仓廪。

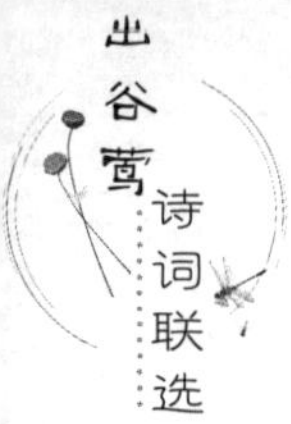

蝶恋花·秋

落叶飘蓬枝干瘦，
月洒清辉，
一夜凉初透。
最是空山新雨后，
晴岚轻染青依旧。

海阔天高云出岫，
轻拂清风，
江面微微皱。
推满晒场新谷豆，
卡车排队忙收购。

秋　分

久热初凉喜可知，空调停用始从兹。
暑消寰宇天高日，秋入人间气爽时。
潋滟云荫浮上下，连绵山色现高低。
晚来秋雨凉初透，坐享清新乐展眉。

喝火令·毛毛春雨

潇洒纷纷下，
温柔处处浇。
顺风随地四方飘。
无虑引来洪涝，
特意育新苗。

循抚千山叶，
轻揉百卉苞。
似筛筛洒细毛毛。
为了春秧，
为了积仓饶，
为了洁廉风气，
华夏焕清操。

临江仙 · 雨

前世人间浮逸，
今生云里纤凝。
纷纷飘洒自多情。
不时瓢泼下，
潇爽伴雷鸣。

尘念难忘人世，
凡心不恋天庭。
春江有约共湍鸣，
休闲同荡漾，
不再叹孤零。

浪淘沙 · 暴风雨

风骤雨盘空，
天暗朦胧。
群山隐约有无中，
才见鲜花犹吐艳，
转瞬残红。

路树摆随风，
叶落飘蓬。
行云染墨疾霆隆。
划破长空天电闪，
劈裂声嘣。

临江仙·秋收

黄叶无风自落，
淡云浮彩游天。
无边田野动刀镰，
人群梭织串，
车辆去来穿。

日落晒场堆满，
更阑户外歌喧，
欣观稻谷唱丰年。
东村锣鼓响，
西里舞腰旋。

柳州游记

九曲柳江铭客怀,龙城锦绣比蓬莱。
鱼峰亭对峨山径,文惠桥迎歌姐台。
孔庙春秋传道义,钢都日夜出良材。
马鞍遥望宗元寺,尤赏龙潭风雨垓。

灵山荔枝妃子笑

清香甜似蜜，细嚼味微酸。
妃子为之笑，玄宗慕所欢。
千秋荣誉在，万代美名传。
贡品生何处？灵山大果园。

越调·天净沙·绿城南宁

红棉赤槿绯桃，
云楼高铁江桥。
逵路民航轨道，
绿荫花茂，
凤凰城展春娇。

山村通车路

穿岩连叠嶂，
过坳串重峦。
石垒盘山路，
留当忆苦观。

浪淘沙·记广西科技馆开馆第一天

门外众声喧，
人海人山。
全场拥挤欲争先，
几个职工难维序，
请警支援。

又调护围栏，
队列回环。
应知渴望已多年。
但愿馆新能解瘾，
缓此心馋。

浪淘沙·贺广西科技馆喜获“国家4A旅游景点”称号

新馆获荣褒，
人沸如涛。
琼珠银羽[①]竞妖娆。
巨石名碑添秀雅，
绝艳多娇。

楼宇更谁豪？
奇特新潮。
地标科教启重韬。
一馆独成优景点，
长驻风骚。

注：

①琼珠银羽：指广西科技馆外形的设计造型。

蝶恋花·岩滩水电站

峻岭崇山盘陀路，
水悍崖高，
黛岫常青树。
天崭壁间岩滩崮，
滂流翻滚奔湍注。

掏空山谷机房筑，
千丈悬岩，
钻凿空沉竖。
掘就天池成水库，
万家供电云飞处。

西江月·观天安门广场升国旗仪式

威武铿锵步伐，
昂扬仪仗骁雄。
朝晖绚耀广场中。
义勇军歌伴颂。

一展红旗气壮，
直升杆顶凌空。
回眸征战百年功，
招引欢声雷动。

西江月·夜飞西欧

万颗繁星作伴，
半圆新月同浮。
深空浩瀚望澄幽，
快到凌霄殿否？

久盼飞天纵目，
亲观玉宇琼楼。
今宵如愿任遨游，
遍览南箕北斗。

紫燕入户筑巢

交飞来去为谁忙？营筑新巢傍屋梁。
过户衔泥穿罅洞，出门空口过缭墙。
夜阑轻啭呢喃语，日永高声跳蹰嚷。
秋至纷迁南地住，春回又要往何方？

观鸟垒巢

欣听飞鸟唱林梢，又见衔枝忙垒巢。
昔散无知离老友，今回有幸作邻交。
生伦万类非孤令，同种千年共一朝。
但愿和谐相互助，花香鸟语乐陶陶。

游威尼斯水城

闹市全无车马喧，公交迎送驶舟船。
津航沿溯穿城绕，大道纡行傍水延。
路障拦车停市外，河漕驰艇泊街边。
行人只顾熙攘串，不患笛鸣喷尾烟。

蝶恋花·凌云茶山

一望连峦轻雾袅，
岚影婆娑，
云彩山边绕。
茶散幽香招群鸟，
梯田掩映蓝天渺。

绿叶秾繁不长草，
远望环环，
叠翠分层巧。
莫道春茶芽嫩好，
丰收应是人勤早。

雷　惊

闪电轰鸣梦不成，频从枕畔吓雷惊。
开灯再续新书稿，镇静还寻安定宁。
老伴床前陪说笑，儿孙隔壁闹喧声。
阳光何日能温照，又报台风过茂名。

大雨天

风狂雨骤伴雷鸣，街市聊萧人盼晴。
道路泞滑车慢驶，公交缓辙客超乘。
云凝远处青山秀，水洗高楼色泽清。
待止返家情急切，耽延步慢误归程。

山乡春色

桃红李白艳连村，映入鱼塘伴日轮。
半落青山衔翠黛，一溪清水映斑筠。
朝辉造化千般秀，时雨浇淋百里昕。
最是山乡春色美，绽开梅蕊挂枝伸。

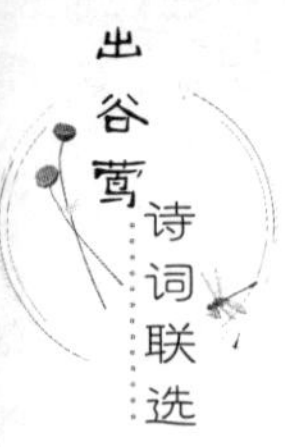

回乡春游

难寻野谷任玩幽，竹影松姿湖镜收。
悦耳莺声何处啭，撩怀野色几番留。
乡心不必逢人赞，故里还应尽意游。
已醉山村风景异，回眸万幸任狂讴。

家乡游

日久离家今畅游,繁华村上已田收。
峰峦依旧连天际,车道重新绕岭头。
巨变瑶乡惊旅梦,昌兴随处喜迎眸。
脱贫奔富同高兴,百万黎农享物优。

巫山一段云·深山幽屯

崖顶屯妍雅，
流泉洞淙潺。
柳青花艳染青山，
无处不秾繁。

白点羊群露，
梯蹊径几弯。
啼莺时啭数声残，
幽静自清安。

小山屯

（一）

树茂峰高掩野屯，丛中白点露羊身。
一方村色凭装点，几处莺声闻啸鸣。
鸡舍蜂巢依屋角，瓜棚豆架傍山根。
凉台晾晒新衣袜，引水竹溜[①]房后伸。

（二）

山高屯狭小，无处不嗟惊。
叶茂繁枝壮，苗妍稚稼青。
竹溜泉滴沥，群鸟啭呦嘤。
呼喊无人应，悬崖回响声。

注：

①竹溜：把竹子劈成两半接引山泉水的装置。

家山屯景

巉巉崖顶上，夹缝野屯深。
路僻行人少，峰高日影阴。
山边三住户，房侧一斑林。
羊肠弯径陡，群鸟串飞频。

忆山家

（一）鹧鸪天

座落崇山峻岭间，三家住户傍崖峦。
常年檐梠飞群雀，小道羊肠拐几弯。
桃李绕，古藤缠，清泉滴答透岩潺。
松椿树下南瓜蔓，屋侧竹篱防兽攀。

（二）

每忆家山丽，桃红三月天。
啼莺穿树簇，绿柳拂崖边。
阵雨羊惊跑，暖阳牛晏眠。
何时回故里，饱赏美乡妍。

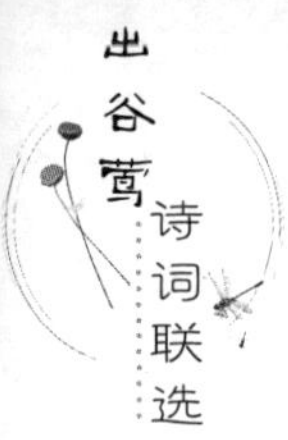

干　兰①

难忘山间旧干兰,门厅下面是牛栏。
厨房半隔毛猪圈,窗户全装木格栅。
卧室竹筒专起夜,豕牢边洞泄厕坛。
房前楞木阳台架,晒谷纳凉童稚玩。

注:

①干兰:古代流行于长江流域及其以南地区的一种原始形式的住宅。

南歌子·深山人家

门对弯蹊径，
房挨陡崭崖。
篱边李下蔓南瓜。
黄雀啼莺飞掠叫喳喳。

竹奏清平乐，
蜂吟蝶恋花，
咩咩羊咏浣溪沙。
牛犊哞哞追逐进农家。

西江月·南宁青秀山

山下江流波荡，
天空霞蔚云翩。
桃蹊园里溢清妍，
蝶舞雝鸣莺哢。

墱道五云光丽，
凉亭三姐歌甜。
孺童长线放风鸢，
拾级时花鲜艳。

桂林七星岩

瞻望星辰耀景光，青峰耸立傍漓江。
钟灵毓秀名山美，天宝物华溶洞长。
流水滔腾哼小调，嵌岩弯曲换新装。
沿途游客熙攘往，入洞观奇赏世昌。

鹤

振翮青云路，修身奋出尘。
方行鸿鹄志，无意立鸡群。

火龙果

根植深山野土中，青茎挂果嫩鲜红。
刺尖藏锐防蝴蝶，蕊艳含苞迷蜜蜂。
点染春光倾赤胆，绽开花蕊惑么虫。
身生逆境甘甜果，傲荡风尘号火龙。

昙 花

深宵独绽为谁开？
月夜同观喜满怀。
岂料嫣然才一瞬，
伤心失落苦心栽。

西江月·富贵竹

剪去尘根杂叶，
精裁枝杆新芽。
盆栽装饰美如花。
傲立窗台底下。

尽管人称富贵，
修身自律无涯。
一生清水度年华，
活得卓然潇洒。

蚂蚁做窝

欣观蚂蚁聚墙头，一起衔坭建堞楼。
大个领头搬重粒，小的成列向前筹。
齐心合力同担负，共面艰辛忙不休。
克难攻坚无掉队，做人何敢妄尊优。

临江仙·叶上露珠

绿叶盘承珠玉，
清光照闪晶滢。
终生冷漠绝尘缨。
忧疑花有泪，
细听泣无声。

小聚团成大粒，
轻吹撒散圆凝。
别是因风去殉情？
暖阳招瘦损，
冷雨再重生。

临江仙·暴雨红花落

蓦地狂风暴雨，
乌云罩野遮天。
飞红已不再妖鲜。
挺灾难幸免，
掉落总心牵。

睒艳已成往事，
飘零实是堪怜。
无非来岁再娇妍。
长年不藁悴，
哪得换新颜。

西江月·荷花

未享春光灿烂，
依然衬叶清鲜。
一蓑烟雨傲湖间，
含笑欣然吐艳。

世事炎凉不问，
蜗名蝇利休沾。
今生喜看水潺潺，
自足心宽遂愿。

蝶恋花·山泉

自幼深山遭蹇碍，
满目阴森，
殊境无其奈。
潜窜穿岩图爽快，
平生久仰阳光晒。

只恨石层关卡隘，
困我连年，
今方闻天籁。
虽是长眠清澈在，
竹溜流淌村人爱。

岁寒三友

松

悬崖边长石为邻，
人号劲松夸此身。
性惯逍遥风霜里，
常年披挂是龙鳞。

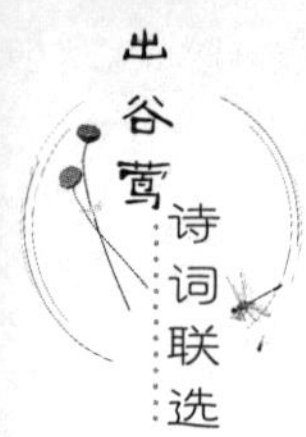

竹

青翠摇风细叶张，
虚怀劲节墨君郎。
松梅为伴寒三友，
经霜傲雪载沧桑。

梅

傲立熛风傲立霜，
报春岁首数枝香。
芳菲枯萎连环复，
共竹和松岁寒香。

卜算子·梅花

吐露秀枝头，
嫩蕊犹先俏。
冬雨绵绵独自红，
不让清香耗。

傲雪自修身，
淡看人偷笑。
纵使年关始大开，
也赶春来报。

竹

（一）卜算子

苍翠拂清风，
叶绿甘芳淡。
江左山边傲骋妍，
郁郁青鲜灿。

有节更虚怀，
劲骨高枝干。
不与繁花争冽香，
操尚堪垂范。

（二）

自幼农家育，虚心葆品行。
节坚身硬朗，根固叶繁秾。
兰石清操伴，松梅寒岁朋。
献身篮器具，传世汗青铭。

（三）西江月

处世先凭有节，
修身总靠虚心。
拂风坚杆舞青衿。
领略春光幸运。

篮筷居家豫具，
笛箫吹奏清音。
与人常伴感情深，
致用随君指任。

临江仙·丁香

吐艳何需装扮，
穿墙郁馥登堂。
鲜妍香冽胜群芳。
南方争艳丽，
北国献呈祥。

陋巷华庭锦簇，
临风远近秾香。
从来内秀不张扬。
飞馨明月夜，
诱我畅诗囊。

核　桃

满脸窊隆皱，难名粗丑纹。
粉身方露核，碎骨始成仁。
久嚼香盈肺，多尝味入神。
诸凡不貌相，修美在其心。

浪淘沙·螃蟹

江海闹翻天，
爪利钳尖。
横行霸道几多年。
好在渔翁收紧网，
麻草绳拴。

锅里泪涟涟，
报应非冤。
葱姜米醋去腥膻。
看你横行能几久，
待我尝鲜。

灯　蛾

每见灯明处，沾光你抢先。
存心贪扑火，生性好趋炎。
得意攀爬后，含悲落焰前。
明知无好死，也要竞升迁。

自行车车轮

常见匆匆急转圈，辐条连动力争先。
追奔远路齐加劲，围绕中心笃守坚。
你我均悬忧落后，他人也是赶超前。
谢君陪伴今生路，但愿同怀逐梦圆。

扫 帚

静立门边默寡闻，随时待命去查巡。
常帮打扫除污秽，不顾赃移蒙细尘。
原是竹枝随拊拂，今成帚具任劳勤。
终生岂望容颜美，但愿清操传主人。

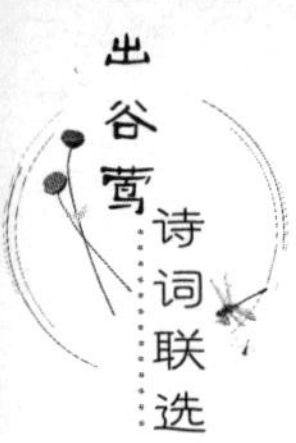

木　偶

衣冠假乱真，
表演特迷人。
腹内无肝胆，
原来靠线绳。

哈巴狗

狩猎看门不在行，
尊童敬老有专长。
立身何用真才学，
只要合群名自扬。

宠　犬

奴颜勤献媚，
卑膝赋情深。
受宠知图报，
强于负义人。

白　兔

靓白精灵鬼,娇柔姿娉婷。
身藏三窟穴,耳警八方鸣。
不吃窝边草,常惊鹰隼声。
纵然升月去,仙桂树边停。

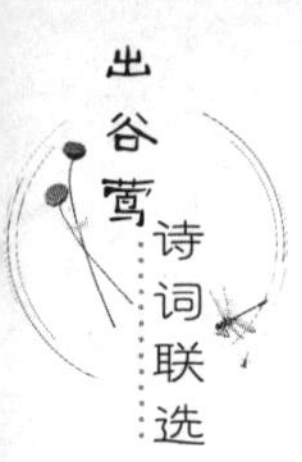

皱　纹

眼角偷涂鱼尾须，
苍颜连印重音符。
蹉跎竟是无形笔，
藻绘描摹岁月图。

斗　鸡

怒目相盯紧，交飞互对叮。
攻防施剑技，偷袭隐张声。
有意争高位，无情对旧朋。
拼赢宣傲气，振翅向空鸣。

笼中鸟

可叹笼中鸟,腾翔事已非。
孔明观翼德,黄盖禁张飞。
关羽玩瞻喜,云长惹叹悲。
蓝天空怅望,莫盼自由归。

拔　河

粗绳中点吊红花，
对阵双方身打斜。
不是进前为胜算，
原来退后是赢家。

观围棋

默默低头弈，轻敲三两声。
围防难预料，攻守总关情。
占角图方阵，争边谋纵横。
收官珠满布，黑白势分明。

西江月·陶渊明

卸印归田种豆，
南山采菊折腰。
东篱吟咏远尘嚣。
自娱逍遥坦笑。

倦鸟投林消遣，
清心邻里相邀。
人到无求品自高，
境界谁能学到。

元好问

古寺福田留苦痕，文殊长老感垂悯。
东岩夜月偷光读，进士童年即举人。

曹　植

才学何时用?
临危七步诗。
不匡曹子健,
笑看豆萁嘶。

郑板桥

“扬州八怪”古高人，书画诗文“三绝”尊。
“难得糊涂”操守善，“吃亏是福”德行淳。
居官廉惠亲民众，处世疏狂畅释神。
正派公勤成典范，谑庄收放品超伦。

诸葛亮

远虑深谋智过人,隆中纵论气超伦。
两朝雄业成纷战,一统宏图付乱云。
逐鹿徒劳歼魏计,卧龙应念挺刘因。
鸿猷建策功何在? 巍巍神州不可分。

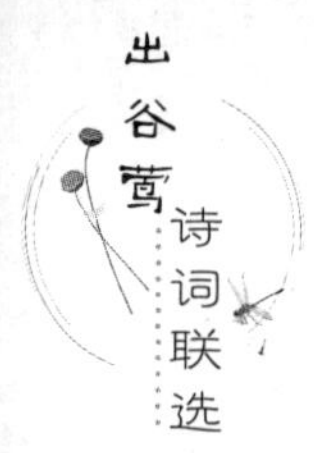

韩信

扶刘灭项掌军团,气壮山河闯万关。
坡顶点兵多益善,陈仓暗度计超圆。
饭恩丰报千金锭,胯辱犹封一职官。
败也萧何成也是,皆因知己陷株连。

苟咬吕洞滨

苟咬洞滨情义师，
邯郸托梦只谦词。
时人应爱先生枕，
乐享卢生酣睡时。

旧毛笔

际此双周日，津津忆往年。
挥毫当酒后，蘸墨即灯前。
丢去真伤感，修来不值钱。
《三希堂》未练，愧对帖书篇。

粉　笔

清白修身写素心，
终生黑板伴随亲。
园中粉碎滋桃李，
不悔成灰传后人。

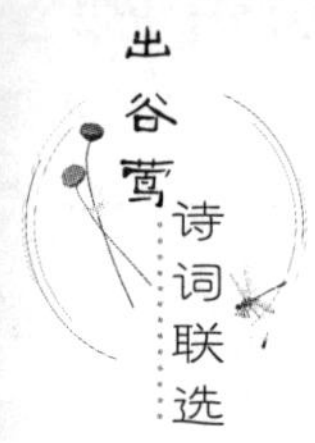

老花眼

举目风尘暗，全无往日辉。
宛如天散雾，恰似眼蒙灰。
单字成双影，三行挤一堆。
不知新配镜，朗目可重回？

老花镜

（一）

老眼忽还童，多亏两片功。
戴之非作秀，伏案即帮工。
开卷黄昏得，穿针小孔通。
今生阅细字，敢不与君逢？

（二）

看字模糊总费神，新框戴上细文真。
一双圆镜精神朗，瞬息区分笔划分。
老叟重开新视野，残书犹念旧交恩。
篇章笔画原形显，焕发青春再展陈。

门　锁

许身门淑配，
专一竭忠贞。
不是君家钥，
勾挑不动心。

钥　匙

洞悉玄机一俗材，
轻轻半转大门开。
专心不二精灵鬼，
锁柜还需找鬼才。

身　影

晴天紧紧跟，
阴雨隐无痕。
跌倒抽身躲，
真能戏弄人。

大榕树

栽培呵护久，
沐雨自修身。
不作良材梦，
凉阴报世人。

西江月·彩虹

七彩圆规作画，
半沉黄土撑天。
晴空万里皛光鲜，
雨后神工描线。

撩起人间香梦，
弯成仙界弓弦。
开怀拥抱畅心田。
但愿长年频现。

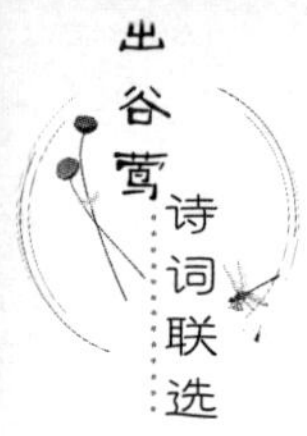

川菜宴

爆滚鱼盅三味虾，夫妻肺片蜀椿芽。
烟熏猪脚龙抄手，酸菜椒鲑粽叶粑。
麻辣烫汤腌造配，陈婆豆腐腻羹加。
当餐川妹频称爽，见笑客官舔嘴巴。

游黄果树瀑布

滚滚悬河落九天，奔腾狂泻起风烟。
飞虹溅雾高山啸，排浪兴波白洑掀。
龙隐泽中翻激涌，水帘仙洞洒喷泉。
风声阵阵传涛韵，群鸟吱喳果树间。

咏珠穆朗玛峰

珠峰不愧最高尊,傲立齐天远俗尘。
举手竟能摸日月,昂头即可碰星辰。
雪封冰锁层穹柱,深秘幽冥玄昊墩。
绝顶凌霄宜赞叹,恨无诗圣句惊人。

银杏树

孔庙门前银杏尖，雄姿壮伟正当年。
从来冷对狂凌雨，巍耸岿然直刺天。
老树枝高先得月，良材叶茂隐鸣蝉。
游人赞叹同观看，草木无求品自坚。

岳阳楼观感

喜得岳阳登古楼，洞庭湖景目全收。
范公题句涤心志，子美沉吟引注眸。
朗朗诗文凝态诵，锵锵词句会心讴。
先忧后乐惊时语，领悟为人待自修。

山东游记

蓬莱茫渺古仙乡，水浒梁山聚义堂。
曲阜孔林传礼教，济南清照涌泉光。
崂山崔巍观青岛，岱岳嵯峨望海洋。
伏虎景阳冈险处，旅程留我富诗囊。

新疆游记

久念边陲寻异闻，于今有幸遍疆巡。
无边戈壁风沙漫，一线昆仑隐峻峋。
火焰山巅岩石硬，敦煌窟侧路丝新。
此行尽赏和田玉，冬不拉琴声醉人。

游车过火焰山

阳关隐约漫沙连，车驶环疆游古原。
风送金波群玉岭，天开火焰旧山巅。
孙猴已扇峦中焱，旅客频闻舞咏喧。
黄漠无涯迷望眼，羊群青草漫云边。

乘缆车上峨眉山

飘然一线驶山尖，人在云层顶上悬。
雾障茫茫飞缆际，天风猎猎拂窗边。
钢绳好似伸千仞，座底疑闻奏二弦。
转瞬飞车驰进站，回观身已在峰巅。

早春散步

漫步校园闻鸟鸣，春声动我忘衰身。
群楼倒影穿湖底，芳草怡神铺树根。
芒果随风轻挂曳，桃林映月慢摇伸。
无言草木知天意，素裹红装庆岁新。

中秋赏月

遐朗中秋景物清,凭栏广览惬欢情。
祥云淡抹山痕秀,明镜新开夜幕晴。
雨洗长空铺蓝布,风梳翠柳噤蝉声。
合家团坐阳台聚,共赏人间圆月明。

德天瀑布

逼向悬崖魂未销，
身临险境大声嚎。
多因此处阶差小，
不及人生坎坷高。

黄果树瀑布

奔腾狂泻势摧山，
腐垢难将湍濑沾。
直下悬崖流远去，
争将永葆水清蓝。

香　花

蜂聚枝头蝶也忙，
皆因爱你吐芬芳。
凌风斗雨凋零后，
能有谁还问短长。

茶　杯

宽怀淡看岂难为，
人走茶凉意莫灰。
欲想交情还有味，
随身自带保温杯。

南歌子·落叶

（一）

散落身无寄，
愁观树裸陈。
望中犹记共相亲，
忍与秋风追逐夕阳曛。

梦断三春绿，
情牵一世阴。
韶光容我几浮沉？
只怕从今埋没变泥尘。

（二）

曾绿千山树，
还扶五岭花。
随心安处即为家，
管甚霜寒露重夕阳斜。

往事无遗憾，
前程莫嗟呀。
春回自会发新芽，
再剪霓裳重饰美山崖

（三）

已染千山绿，
曾遮一世阴。
随风停处即安身。
乐与阵风同舞共浮沉。

落是情潇洒，
飘非志惰沉。
归根肥土育儿孙，
让位新芽茁长待回春。

（四）

逐一枝头落，
成群岭上飘。
山前碧玉卷金潮，
染尽秋光明媚景多娇。

晚散休闲步，
晨迷保健操。
飞霞白发缔深交，
同入斜阳怀抱乐逍遥。

冬日山村傍晚

流霞着彩映残曛，
红日西沉露半轮。
转眼都随归鸟去，
只留风啃在山村。

蜡　烛

久藏甘寂寞，无憾不消沉。
喷出光团火，凝为泪滴痕。
点明争夜月，停电照家人。
灯亮何须问，轻吹留半根。

拔　牙

同病相怜久，常年共苦甘。
嚼酸同齿冷，炙穴自心寒。
蛀患人无奈，针麻我愿扳。
一挥君去也，骨肉再圆难。

痛　腰

挺身扶直我，默默献青春。
梅雨春潮脊，寒风冬冻筋。
腰间针刺骨，背部刃锥心。
求告休嗔怒，愿求医治君。

向日葵

身直顽强立，花鲜盘吐香。
叶宽争夏绿，须细衬苞黄。
不畏园中雾，甘肩枝上霜。
任风吹扭摆，心不改朝阳。

芭蕉芋

芋类唯君劲，山边自发苗。
根粗超木薯，叶阔赶芭蕉。
浆固随蒸晒，丝成耐煮熬。
捐躯丰食谱，肉炖粉条煲。

蜗　牛

莫怨身微小，尊名也叫牛。
体藏金壳睡，背负宝囊游。
屋漏无忧虑，墙歪不犯愁。
如人新室暖，同享世洪庥。

蜗牛爬树

背负行囊重似山，深知前路倍艰难。
瞻前尚有干枝挡，顾后还遭败叶拦。
触角长伸勤探路，横纹蠕动苦移盘。
坚心不畏程途险，只管埋头往上攀。

鱼

幽居水府也难安，
总怕被人当美餐。
谁料一贪香诱饵，
招来命丧钓钩端。

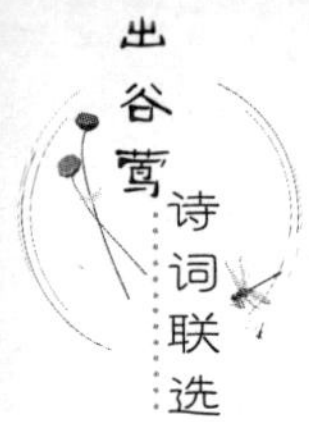

南歌子·鱼悔

昔日池中宝，
今宵席上餐。
谁知落网上钩尖，
无奈方知后悔太贪婪。

油炸汤锅煮，
身残怒目翻。
纷纷下筷肉挑完，
悔恨唯遗骨刺细尖尖。

凉　意

萧斋深夜静悄悄，
伏案研修尘虑消。
明月半窗花影动，
谁知凉意向人抛。

名　片

偶然逢见自欺人，名片躬分看眼昏。
一串头衔添长字，两行名号冠洋文。
单凭打扮难分辨，详看称呼立受尊。
如此偏方光脸面，庸人被骗信为真。

象州温泉

象州泉水热如汤，
冒自田间流路旁。
如此温存迷过客，
不知炎夏可清凉。

月　亮

（一）

时像圆盘时像梳，
撩人情绪有谁如？
中秋佳节团圆夜，
偏照离人两影孤。

（二）

人生如夜月，东上又西沉。
出没由天定，盈亏靠自寻。
聚欢翻正镜，离恨滚歪轮。
何得高科技，长纠万古吟。

（三）调寄南歌子

似水温柔貌，
如钩消瘦颜。
一年能有几回圆？
千里相随还隔九重天。

皎洁忧云雨，
迷蒙怪雾烟。
今宵依旧照愁眠，
缠梦柳丝疏影漏窗前。

卜算子·对月

似水默含情，
谁与相追恋？
河畔花间倩影随，
白日难相见。

亲友愿同观，
乡土萦牵念。
千里相随入梦酣，
愿你长圆绚。

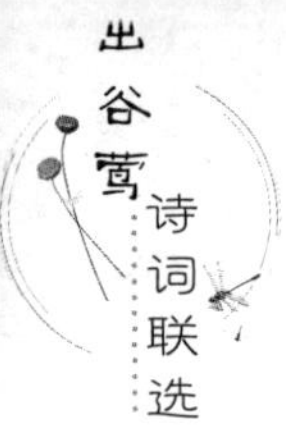

鼠

（一）

偷吃惊心里，闻声屡顾中。
图书常咬破，米袋每嚼通。
夜弄杯盘急，日磨牙齿疯。
过街人喊打，最擅洞挖工。

（二）

只影投荒阅两春，尔曹何苦惹生嗔？
图书咬破冤谁气？衣履嚼穿羞我身。
夜弄杯盘缘有觅，日磨牙齿又何寻？
过街人喊声声打，底事惊心屡顾频？

卜算子·夏日山沟

烈日照山沟，
四面鸣知了。
几户鸡群跳出笼，
牛啃田边草。

天突暗朦胧，
满眼穿梭鸟。
阵雨匆匆洒下来，
山上羊惊跑。

人老耳背

总嫌人讲话声轻，自感谐音辨不清。
“圣诞”错闻为“笨蛋”，“丘陵”误认是“超龄”。
雷鸣雨暴仍沉静，哗沸声喧概失听。
两耳“不闻”窗外事，反无干扰自安宁。

喝火令·县庆回乡见闻

常把家乡忆，
今年又应邀。
离家不过几年遥。
处处莺歌燕舞，
满目物丰饶。

车路环山绕，
公交乡际嚎。
新通高速驶车潮。
那是都高，
那是过江桥，
那是学荣街道，
都比旧时娇。

临江仙·忆旧居

常记旧居西四栋，
与邻相处谐和。
两层楼宇算豪奢。
书香盈四壁，
夜静听蛙歌。

梁板曾遭虫啃蛀，
频清白蚁泥窝。
回潮地湿更需拖。
老妻干忙碌，
孙子笑呵呵。

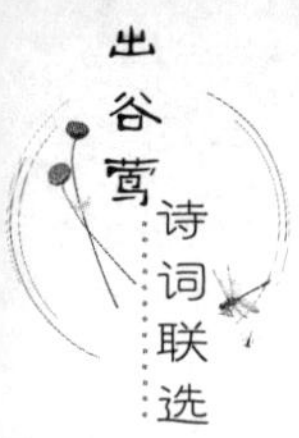

临江仙·家山行

还是高山翠岭，
仍然旱地陂田。
干栏已改旧容颜。
汽车盘路驶，
陡峻少人攀。

玉米苞丰叶萎，
南瓜苗壮花妍。
谁家小子把牛牵？
依稀怀昔日，
猛忽忆童年。

废　纸

墨迹香消后，撕扔垃圾箱。
有心安隐逸，无意想留芳。
待享回炉乐，甘闻废桶脏。
岂忧身已碎，能变纸新张。

西江月·笔

横看恰如萧笛，
竖观犹像长矛。
砚田濡墨竞挥毫，
尽令书生叫好。

白石描摹名画，
羲之狂写风骚。
挥书天下众英豪，
不愧文房首宝。

西江月·墨

脸似包公心正，
身如海瑞廉明。
挥毫润笔辨虚盈，
狂草浓描字劲。

铁面无私除恶，
犯颜有胆申明。
题写千秋不署名，
斋舍文房佐证。

砚

学海精耕作，
方圆古墨田。
千秋方块字，
产自你跟前。

纸

铺开着彩画珍图，
订册编篇才子书。
休怪身轻还薄贱，
洛阳曾贵赋三都。

南歌子·谒杜甫草堂

春雨茅堂漏，
秋风草屋掀。
蓬蒿几束仿飞檐，
朽木柴扉支立挡尘烟。

广厦高楼梦，
终生陋室眠。
锋尖巨笔著豪篇，
诗圣千秋绝唱意长传。

谒柳侯祠

柳侯祠里念河东[1]，默叹苍天不佑公。
社稷空怀千代业，蛮荒落泊几飘蓬。
当时功过难明断，贻后文章鉴证忠。
拜祭堂前增轸慨，尊严桂殿誉高崇。

注：

①河东：柳宗元，河东人，人称柳河东、河东先生。

步清朝何绍基《元象》诗原韵

（一）

登上高峰望逝川，如观玉带绕山旋。
岸边坡护坡边岸，天底江容江底天。
善下水均能汇海，争升气只会消烟。
千流默默淙淙淌，同济和衷共驶前。

（二）

船遇急流叨逝川，心慌胆乱怨思旋。
浪旁涡卷涡旁浪，天下江淹江下天。
巨浪波掀礁激水，残烧焰灭火生烟。
滩头搁浅寻常事，为有沉沙阻向前。

（三）

迢递乘舟上四川，潢潢水路几回旋。
峡中江抱江中峡，天际山擎山际天。
皱面非忧风拂水，弯腰似拜岸炊烟。
东风自有吹帆力，敢逆潮流直指前。

附：

元象

何绍基

仰睇高峰俯瞰川，鸟飞猿渡共盘旋。
石根水怒水根石，天外山惊山外天。
形色千章乱昏昼，虚空一气作云烟。
厌观人世闲情散，元象来窥太始前。

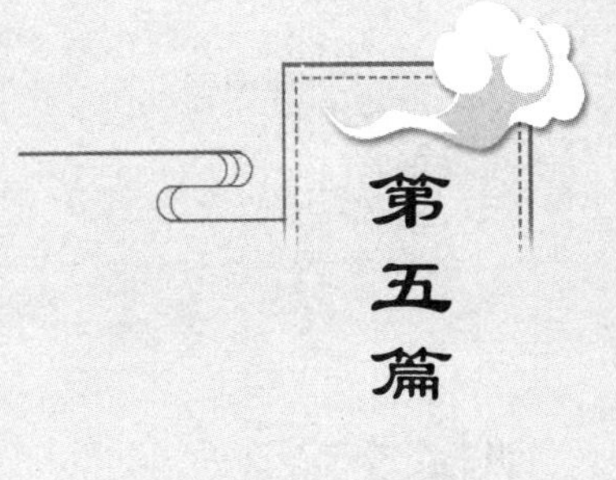

第五篇　宝塔诗选

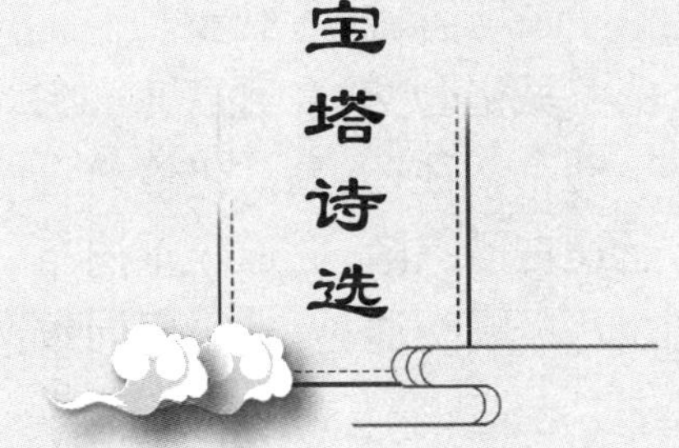

路[1]

路
纵横,交互
车奔驰,人驶步
城走公交,乡通高速
动车常往还,高铁仍修筑
丝途古已兴隆,商道今重遍布
九州八极畅交通,万户千门同致富

注:

①本首诗为宝塔诗,宝塔诗行文特点是逐行增字,每行对仗,行尾押韵,首行为题,又是韵脚。

风

风
呼啸,潜踪
时南北,忽西东
春催苗绿,秋染枫红
未雨楼先满,登秋叶转蓬
杜甫草堂茅卷,周瑜赤壁火攻
郊廛收拾清尘土,云雾吹开见碧空

月

月
偶圆，常缺
挂长空，明原野
星伴交辉，鸾孤惜别
猴捞水底急，人念乡亲切
冰轮万古往还，仙桂千秋伐折
漫步行云苍昊间，丰盈放皓中秋夜

花

花
瑰丽，奇葩
妍园圃，艳山崖
如描如画，似火似霞
香闻清水岸，影落绿窗纱
嘉宾胸口显贵，盛会堂前炫华
宁立枝头含笑萎，甘依叶片共风斜

江

江
浩浩，泱泱
鱼住所，水家乡
收洪纳雨，入海流洋
农田凭灌溉，波路畅通航
并山才称社稷，连海始喻群方
春秋涨落皆天定，日夜奔腾独自忙

山

山
苍翠,高寒
柴产地,鸟家园
峻穿云表,奇壮观瞻
名高多佛寺,景美半尼庵
支分广宇秋色,长伴烟霞夕岚
腰披雾霭连绵峭,峰立云端次第巉

蝉

蝉
影隐，声尖
藏叶下，躲枝间
秋哼知了，夏唱随缘
不同蜂蝶舞，常在树枝喧
卵孵冰封霜雪，生经雨暴风天
炎日攀枝弹古调，寒天殁寿免冬眠

牛

牛
憨厚,温柔
耕垄亩,事膏畴
饥餐茅草,渴饮污沟
负轭田松土,拖犁地翻畴
与世无争拼力,帮人有志埋头
汗滴珠珠滋稻长,蹄开处处印痕留

春

春
和暖，清芬
花艳艳，草欣欣
青山吐绚，郁野更新
秧苗初转绿，竹笋茁标伸
池里鸣蛙唱晚，峰前蛰燕穿云
毛毛细雨千畦秀，冉冉韶阳九夏温

酒

酒
庆欢,会友
世传长,时悠久
李白一石,刘伶八斗
曹魏论英雄,南陈亡国缶
猜拳莫要伤风,斗狠需防出丑
功成喜庆共交杯,愁至忧伤需弃口

老

老
年高，虑少
青壮尊，儿孙绕
尽享清福，不愁温饱
追庆远[1]高龄，慕篮公[2]活宝
回眸多有艰辛，展望概无烦恼
社会和谐处处温，国家昌盛年年好

注：

①庆远：即李庆远，又名李清云，云南人。因长寿被载入《吉尼斯世界纪录大全》。

②篮公：即菜篮公陈俊，福建永泰县人。《永泰县志》和《福建名人辞典》记载，陈俊因太老，瘦成侏儒，仅 5 千克重，子孙均不在人世，村上人用菜篮提上他下地干活，以便照顾，故人称陈俊为菜篮公。

师

师
授业,宣慈
教文化,导真知
为人树表,律己操持
前程凭指引,疑惑赖提撕
似蜡成灰淌泪,如蚕拼死捐丝
书香事业人尊尚,园圃生涯众慕思

第六篇　回文诗词

一、回文绝句

（一）顺读与倒读完全相同的回文绝句

春

七言

春回又绿柳山村，
绿柳山村美喜人。
人喜美村山柳绿，
村山柳绿又回春。

改为五言

春回绿山村，
绿山村喜人。
人喜村山绿，
村山绿回春。

夏

七言

蝉鸣午树动风天，
树动风天夏日炎。
炎日夏天风动树，
天风动树午鸣蝉。

改为五言

蝉鸣动风天，
动风天日炎。
炎日天风动，
天风动鸣蝉。

秋

七言

秋横树叶落山湫，
叶落山湫浅涧流。
流涧浅湫山落叶，
湫山落叶树横秋。

改为五言

秋叶落山湫，
落山湫涧流。
流涧湫山落，
湫山落叶秋。

冬

七言

冬寒喜雪积群峰，
雪积群峰冀岁丰。
丰岁冀峰群积雪，
峰群积雪喜寒冬。

改为五言

冬寒喜雪峰，
雪峰冀岁丰。
丰岁冀峰雪，
峰雪喜寒冬。

（二）顺读与倒读各异的回文绝句

山村春景

顺读：

多情雨径野花红，拂拭风村春意浓。
波泛溪流鱼跃起，坡前舞燕与工蜂。

倒读：

蜂工与燕舞前坡，起跃鱼流溪泛波。
浓意春村风拭拂，红花野径雨情多。

踏　青

顺读：

寻青野卉赏芳郊，面拂和风翻柳绦。
荫绿催情多洒落，春新燕舞起妖娇。

倒读：

娇妖起舞燕新春，落洒多情催绿荫。
绦柳翻风和拂面，郊芳赏卉野青寻。

二、回文律诗

春

顺读：

归春又吐笋尖尖，绿野新芽嫩丽妍。
灰蝶戏花鲜艳艳，沃田秧稻浪翩翩。
微风拂晓春耕早，广野遥天阴雨绵。
梅杏桃花红焰焰，飞山串鸟唱声喧。

倒读：

喧声唱鸟串山飞，焰焰红花桃杏梅。
绵雨阴天遥野广，早耕春晓拂风微。
翩翩浪稻秧田沃，艳艳鲜花戏蝶灰。
妍丽嫩芽新野绿，尖尖笋吐又春归。

夏

顺读：

蝉鸣野树柳丝掀，酷暑骄阳烈夏炎。
旋滚流江波浪卷，急湍悬瀑野溪连。
眠云倦影岚光岫，暴雨惊雷电闪天。
田满人忙收又种，年丰在望乐开颜。

倒读：

颜开乐望在丰年，种又收忙人满田。
天闪电雷惊雨暴，岫光岚影倦云眠。
连溪野瀑悬湍急，卷浪波江流滚旋。
炎夏烈阳骄暑酷，掀丝柳树野鸣蝉。

秋

顺读：

青空浩日灿清秋，处处粮田稻谷收。
零悴树飞残败叶，净清江水映新楼。
晴岚碧岫千峰秀，绿竹寒溪一径幽。
行月凉风清爽爽，瀛瀛涧浅水纹浮。

倒读：

浮纹水浅涧瀛瀛，爽爽清风凉月行。
幽径一溪寒竹绿，秀峰千岫碧岚晴。
楼新映水江清净，叶败残飞树悴零。
收谷稻田粮处处，秋清灿日浩空青。

冬

顺读：

冬寒岁满谷盈仓，冻土翻耕机助忙。
红树霜枝添岭色，绽梅香萼映山光。
蓬松老路行人少，暮日斜坡落叶黄。
风冷吹天寒月静，鸿啼广野漫凋荒。

倒读：

荒凋漫野广啼鸿，静月寒天吹冷风。
黄叶落坡斜日暮，少人行路老松蓬。
光山映萼香梅绽，色岭添枝霜树红。
忙助机耕翻土冻，仓盈谷满岁寒冬。

三、回文词[①]

翠屏山览胜

顺读卜算子

亭隐绿丛林，
凝雾云峰后。
遁影滢滢澈水澄，
翠翠苍山秀。

城旺景清幽，
青霭岚烟岫。
映衬盈盈闹市街，
嚷嚷喧销购。

注：

①回文词：其特点是从头顺读和从尾断句倒读为不同词谱的词。

倒读巫山一段云

购销喧嚷嚷，
街市闹盈盈。
衬映岫烟岚霭青，
幽清景旺城。

秀山苍翠翠，
澄水澈滢滢。
影遁后峰云雾凝，
林丛绿隐亭。

四、各段互为倒读的回文词

南乡子·老顽童

红也老顽童，
感自荣光喜成功。
事乐甜尝终苦累，
坚攻，
历尽坑轲斗志雄。

雄志斗轲坑，
尽历攻坚累苦终。
尝甜乐事功成喜，
光荣，
自感童顽老也红。

五、回文诗词合璧[①]

丝路明珠——喀什

七律

顺读：

疆南曜日边城午，沸沸长街古驿亭。
芳誉重名荣市旺，迥原青草牧区兴。
张班汉路丝留迹，雪漠冈途坻畅行。
商客聚衢亨府镇，古今繁盛久扬名。

倒读：

名扬久盛繁今古，镇府亨衢聚客商。
行畅坻途冈漠雪，迹留丝路汉班张。
兴区牧草青原迥，旺市荣名重誉芳。
亭驿古街长沸沸，午城边日曜南疆。

虞美人

顺读：

疆南曜日边城午，
沸沸长街古。
驿亭芳誉重名荣，
市旺迴原青草牧区兴。

张班汉路丝留迹，
雪漠冈途坻。
畅行商客聚衢亨，
府镇古今繁盛久扬名。

倒读：

名扬久盛繁今古，
镇府亨衢聚。
客商行畅坻途冈，
漠雪迹留丝路汉班张。

兴区牧草青原迴，
旺市荣名重。
誉芳亭驿古街长，
沸沸午城边日曜南疆。

注：

①回文诗词合璧：指回文律诗经断句后，成为回文词，反之亦然。

澄江瑶寨

七律

顺读:

澄江[1]碧水清波潋,柳岸青山艳景优。
屏翠映岚浮雾绕,岭高丰泽汇江流。
层峰叠嶂连瑶壮,网路行车畅寨沟。
兴养养屯幽谷美,涌泉山野绿油油。

注:

①澄江:流过都安县城的江。

倒读:

油油绿野山泉涌,美谷幽屯养养兴。
沟寨畅车行路网,壮瑶连嶂叠峰层。
流江汇泽丰高岭[1],绕雾浮岚映翠屏[2]。
优景艳山青岸柳,潋波清水碧江澄。

注:

①高岭:高岭乡,澄江流经地。

②翠屏:翠屏山,都安县城附近的山。

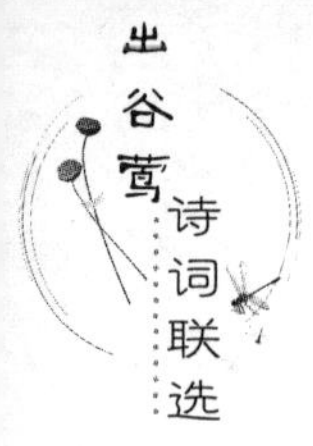

虞美人

顺读：

澄江碧水清波潋，
柳岸青山艳。
景优屏翠映岚浮，
雾绕岭高丰泽汇江流。

层峰叠嶂连瑶壮，
网路行车畅。
寨沟兴峁峁屯幽，
谷美涌泉山野绿油油。

倒读：

油油绿野山泉涌，
美谷幽屯峁。
峁兴沟寨畅车行，
路网壮瑶连嶂叠峰层。

流江汇泽丰高岭，
绕雾浮岚映。
翠屏优景艳山青，
岸柳潋波清水碧江澄。

第七篇　辘轳体诗

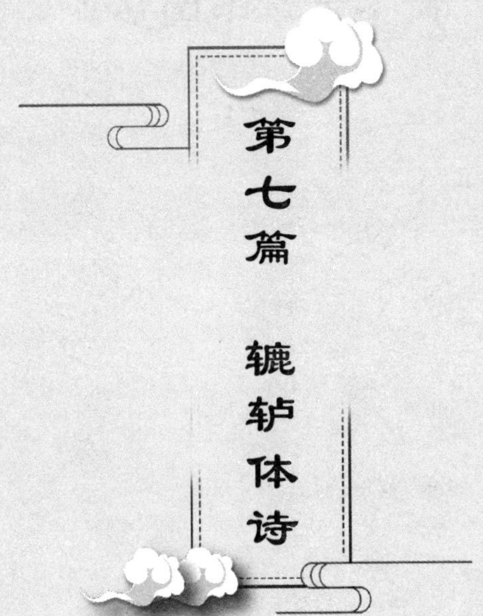

两个百年中国梦①

辘轳：

诗：

七言

陌年圆梦震重天，梦震重天促志坚。
天促志坚人奋战，坚人奋战陌年圆。

注：

①这是辘轳体诗，即用十三个字组成的辘轳，旋转之，得诗即为辘轳体诗。

五　言

圆梦震重天，重天促志坚。
志坚人奋战，奋战佰年圆。

四　言

梦震重天，天促志坚。
坚人奋战，战佰年圆。

三　言

梦，震重天，促志坚。
人奋战，佰年圆。

十六字令

圆，梦震重天促志坚，
坚人奋，奋战佰年圆。

都安精神——壮志压倒万重山

辘轳：

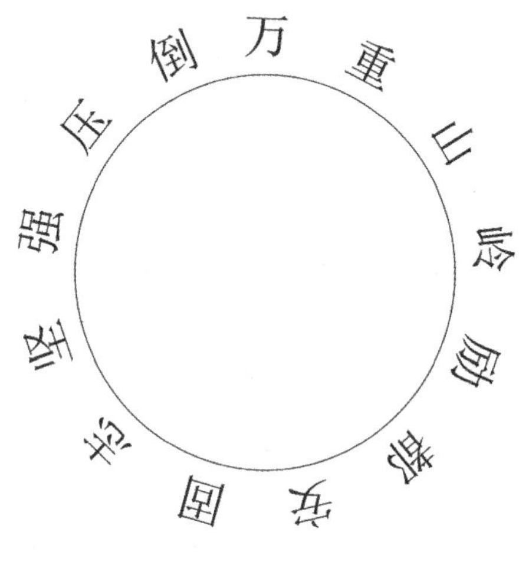

诗：

七　言

万重山岭励都安，岭励都安固志坚。
安固志坚强压倒，坚强压倒万重山。

五　言

山岭励都安，都安固志坚，
志坚强压倒，压倒万重山。

四　言

岭励都安，安固志坚。
坚强压倒，倒万重山。

三　言

岭，励都安，固志坚。
强压倒，万重山。

十六字令

山，岭励都安固志坚。
坚强压，压倒万重山。

清华学子回都安建无人机基地

辘轳：

诗：

七　言

返乡圆梦上瑶天，梦上瑶天出俊贤。
天出俊贤人奋志，贤人奋志返乡圆。

五　言

圆梦上瑶天，瑶天出俊贤。
俊贤人奋志，奋志返乡圆。

四　言

梦上瑶天，天出俊贤。
贤人奋志，志返乡圆。

三　言

梦，上瑶天，出俊贤。
人奋志，返乡圆。

十六字令

圆，梦上瑶天出俊贤。
贤人奋，奋志返乡圆。

丰收年

辘轳：

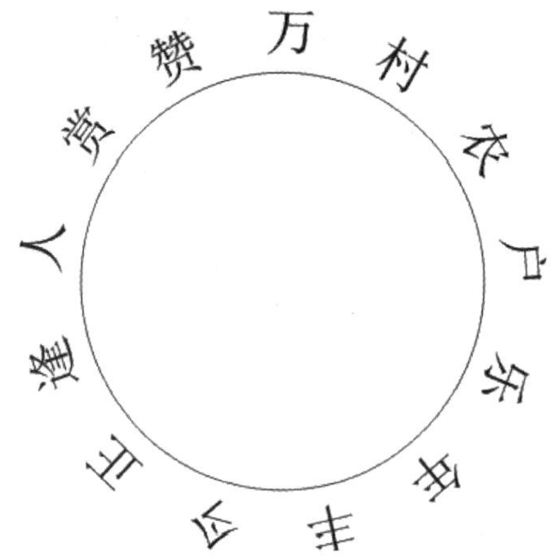

诗：

七　言

万村农户乐年丰，户乐年丰今正逢。
丰今正逢人赏赞，逢人赏赞万村农。

五 言

农户乐年丰，年丰今正逢。
正逢人赏赞，赏赞万村农。

四 言

户乐年丰，丰今正逢。
逢人赏赞，赞万村农。

三 言

户，乐年丰，今正逢。
人赏赞，万村农。

十六字令

农，户乐年丰今正逢。
逢人赏，赏赞万村农。

山乡逐梦步康庄

辘轳：

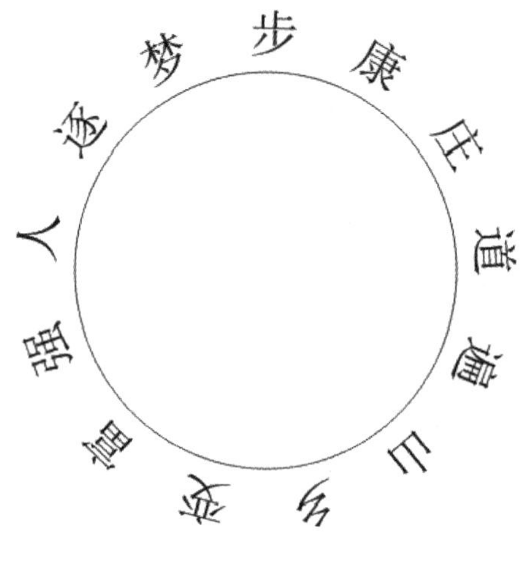

诗：

七　言

步康庄道遍山乡，道遍山乡变富强。
乡变富强人逐梦，强人逐梦步康庄。

五　言

庄道遍山乡,山乡变富强。
富强人逐梦,逐梦步康庄。

四　言

道遍山乡,乡变富强。
强人逐梦,梦步康庄。

三　言

道,遍山乡,变富强。
人逐梦,步康庄。

十六字令

庄,道遍山乡变富强。
强人逐,逐梦步康庄。

山镇新冠瘟疫①

辘轳：

诗：

七　言

火雷南耸大神山，耸大神山镇疫蛮。
山镇疫蛮妖灭赞，蛮妖灭赞火雷南。

注：

①山：寓指火神山、雷神山、钟南山。

五　言

南耸大神山，神山镇疫蛮。
疫蛮妖灭赞，灭赞火雷南。

四　言

耸大神山，山镇疫蛮。
蛮妖灭赞，赞火雷南。

三　言

耸，大神山，镇疫蛮。
妖灭赞，火雷南。

十六字令

南，耸大神山镇疫蛮。
蛮妖灭，灭赞火雷南。

永感宗恩

辘轳：

诗：

七　言

祖宗恩德惠贤孙，德惠贤孙永绍承。
孙永绍承先铭感，承先铭感祖宗恩。

五　言

恩德惠贤孙，贤孙永绍承。
绍承先铭感，铭感祖宗恩。

四　言

德惠贤孙，孙永绍承。
承先铭感，感祖宗恩。

三　言

德，惠贤孙，永绍承。
先铭感，祖宗恩。

十六字令

恩，德惠贤孙永绍承。
承先铭，铭感祖宗恩。

首府邕江

辘轳：

诗：

七　言

一江邕水曲如龙，水曲如龙首府荣。
龙首府荣人富裕，荣人富裕一江邕。

五　言

邕水曲如龙，如龙首府荣。
府荣人富裕，富裕一江邕。

四　言

水曲如龙，龙首府荣。
荣人富裕，裕一江邕。

三　言

水，曲如龙，首府荣。
人富裕，一江邕。

十六字令

邕，水曲如龙首府荣。
荣人富，富裕一江邕。

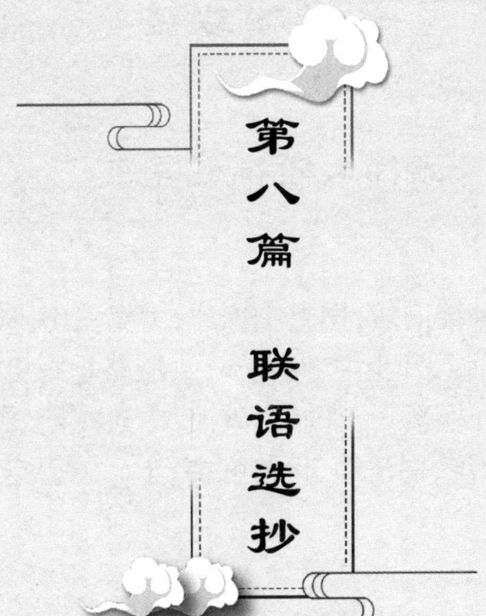

第八篇　联语选抄

一、感事联语

颂伟大领袖毛泽东

高举锤镰摧旧域，燃星火燎原，力捣三山，披荆斩棘驱倭寇，抵列强，歼土匪，叱咤风云，胆略垂青史

啸召黎庶换新天，掌航船破浪，中兴九夏，聚力凝心抗天灾，拼经济，倡清廉，运筹帏幄，丰碑耸碧空

国家公祭

血雨腥风，悲泪洒金陵，卅万冤魂铭怨耻
家仇国恨，惜悽惊寰宇，三千禹甸祭亡灵

赞港澳回归

快哉！荆莲璧归彰国望
豪矣！港澳珠还展龙韬

同圆中国梦

继往开来，十八大蓝图方绘就，矢志同圆中国梦
高瞻远瞩，双百年标的再宣明，凝心齐复民族兴

赞天宫二号飞船升空

驱雷驭电升空，续探苍穹，九万扶摇扬骏气
破雾穿云交会，重操实验，三千飞掣展雄风

赏大阅兵

盛大阅兵,壮军威,彰国力,疆土鸿基谁敢撼
英明决策,伸志气,聚民心,中华鹤梦众旋圆

纪念抗战

小日本凶残,侵犯千年古国,罪恶滔天谋霸据
大中华敌忾,捍卫万里江山,雒声动地迫投降

纪念辛亥革命

激浪掀波,江汉镝锋鸣,千年帝制龙廷毁
驰兵鏖战,武昌雷暴起,一举共和华夏开

赞高铁伟大工程

穿越陆海山，高铁织成如蛛网，惊人成就
缔连珠港澳，长桥架构似蛇腰，举世奇观

南宁新貌

百里邕江，喜看横桥座座，街中添异彩
三叉轨道，深穿隧洞条条，地下畅通途

赞环卫工人

夜伴星光，朝迎红日，任狂风呼啸，暴雨澎湃，街道清新人共赞

肩扛扫帚，手握推车，令街坊整洁，城容焕彩，精神高尚众皆夸

二、广西大学土木楼落成庆典楹联

华堂大气,全系中兴,际兹方圆前辈梦
校友深情,齐心鼎助,从此长留后人思

梦想多年,大厦始功成,全系欣荣舒望眼
施工两载,新楼终名就,满园增秀慰初心

系友无私,奉献爱心光母校
师生有志,安营大厦着先鞭

润物默无声,六十载春风化雨,看桃李成荫,蜚声八桂
凌云卓有志,八千名佳士达才,喜栋梁拔翠,展志九州

三、挽联系列

挽姑母联

淑水难忘，正冀期颐成泡影
姑山失望，那堪悲泪痛哀思

挽友父联

茹苦含辛，毕世艰难创业，业兴人别尤悲恸
勤劳俭朴，终生苦干持家，家旺亲离倍哀伤

挽姑丈联

姑表昔同怀，企望高年拄杖亲何在
鬼人今异路，谁堪噩耗惊传泪长流

撒手辞凡尘，何忍小姑悲独守
乘鸾催血泪，那堪孤表痛无依

四、墓联系列

（一）墓园入口联

一望极苍茫，明月陵园同万古
半山容啸傲，宗功祖训著千秋
横批：龙脉佳城

（二）墓碑联

祖父母合葬墓碑联

宗功克振铭先训
祖德锦延焕远猷
横批：福泽儿孙

曾祖母墓碑联

世远年湮母仪不朽
秋霜春露懿范长存

先父墓碑联

宏恢先绪，笃贻孙谋覃德泽
克绍箕裘，长绳祖武振家声
横批：德望长昭

先母墓碑联

毕世劬劳，传家有道崇勤俭
终生淳厚，处世无求启人文
横批：懿范长存

前母墓碑联

生前哀寿短，问天何忍
身后幸情长，有嗣承当
横批：含笑九泉

岳父母合葬碑联

屺岵茹辛酸，宏恢先绪
儿孙逢大治，丕振家声

友父母合葬墓碑联

创业艰辛,积厚流光恩覃久
孙谋远大,遗辉厚福德被长
横批:垂裕后昆

友寡母墓碑联

亘历辛酸,抚育儿孙承世德
孀居苦楚,宏恢先绪振家声
横批:萱草长荣

曾叔公墓碑联

置业留遗迹
归山泽后昆
横批:长发其祥

叔公墓碑联

自有侄孙思叔祖
长怀德泽仰先行
横批:千秋俎豆

兄长墓碑联

处世献丹诚,教泽恩光长卓著
培才留业绩,杏坛桃李已芳菲

桃李种满园,群芳斗艳
儿孙承遗志,万代兴隆

汗洒体坛铭典范
型留苑圃励儿孙

测水观天,勤力一生留业绩
齐家敬业,功名百世著乡邻

戎马铸丰功,一片丹心培勇士
英灵还故里,千秋浩气壮青山

闯荡旧金山,施展才华光梓里
归根铜锣岭,长昭德望贯云天

旭沐濡沾,郁郁满园桃李
恩庥燕诲,谆谆一代良师

五、韦氏宗祠参考楹联系列

（一）祠堂前广场入口牌坊联

回望竞千秋，姓氏繁昌，谁不怀濡思京兆
安居皆万幸，宗恩浩荡，心长睎古念南阳

祠馆宏开，俎豆馨香同祭祖
亲昭萃聚，坛场沃酹共怀宗

（二）大门入口排柱联

万宇寻根，乡关何处，念长安开汉点兵，多多益善
千秋遗烈，寓姓因由，看南粤昌基拓迹，佼佼重强

颛祖肇恩深，千章代史，耑绪高阳开首页
韩公贻泽霈，万里移名，卓行南陆启强韦

黄帝两亲孙，分肇韦韩大姓洪恩重
宗支一世祖，开承族氏源流霈泽长

（三）门厅内柱联

从得姓以还，夏藩商霸，汉盛唐昌，世禄续相承，韦姓昭昭光史迹

自封侯而后，朝宰军旛，文豪诗圣，遗风长递衍，宗功赫赫染丹青

源自高阳，蜚声华夏，追溯前徽怀肇祖

望从京兆，饮誉群方，晞光后俊奋兴邦

（四）门厅后朝内院排柱联

承先宗一脉真传，奋志图强，操身行世
勉后嗣双全正道，勤劳持竞，刻励扬清

数典溯先勋，翼子贻谋，余福恩庥施万众
绍熙期后嗣，光宗拓绪，超伦族姓傲千秋

（五）主祠堂大门朝内院的排柱联

南国启繁荣，溯集众缘由，大地深山来住户
西畴登稔泰，问安生始末，高峰矗汉肖天公

功臣冤陷，伤催念子，多亏得义故鸿猷，永世来歆尝酹酒
韦姓昌兴，感慕怀宗，幸好有灵宫仙府，深情瞑拜捻梵香

南阳贻统绵先绪
粤峤更兴旺后昆

（六）主祠堂内柱联

顶礼丞尝，恢宏几百代高阳祖烈
烧香膜拜，绍袭数千年京兆宗风

祖德衍千秋，纵代易沧桑，拜祭歆尝长续世
宗恩覃万户，幸基承累叶，启祷坛畤永焚香

堂势尊严，设祭念先勋，礼循昭穆
宗亲虔切，拈香酬祖德，供奉歆尝

（七）内院各柱联

宗从汉后昭名氏
人到堂中幸姓韦

姓氏分支同血脉
轩黄共祖蔓根源

高操达理，铭落魄饭恩，衔环厚报千金锭
宽德为怀，忍欺蒲胯辱，放恕分封一职官

韦韧韣韝韬韡韡
弓强弦彍彃弸弸

祧祊祀祖祈祥禛福祐
绍续维纲织络缔经纶

寓姓埋名,复始宗支繁海内
图南拓宇,争强族氏著中华

始祖柄藩维,授姓功高垂后嗣
昆苗昌故里,兴邦志锐继前脩

奕代薪传弘祖烈
今生嗣继沐垂光

（八）备选联

万古寻端，根由何处，念韦城封爵以还，民荣受姓
千秋绳武，绍复伊谁，看汉室中兴而后，代涌传人

褒功捏陷，皆因知己
韬迹逭诛，还是恩人

关内诏株连，埋名义烈，宗公寓姓垂奕叶
岭南重创业，拓宇心雄，列祖争强范来昆

揖手仰宗恩，鸿泽濡霑添瑞佑
倾心承化雨，垂光永沐享洪施

高阳祖泽同沾沐
京兆宗风共绍承

怀古念前贤，缅韦城一姓，卓立奇功归始祖
遗灵光斗宿，引族氏千生，永怀恩泽祀先宗

月旦有评，岭南雄起创业千秋誉
东平献颂，韦氏复兴贻统万家承

成败俱萧何，秘猷弢迹禳殃，始得宗支繁海内
功名归列祖，拓迹昌基迭继，方赢族姓著中华

六、回首自慰联

施教默无声，五十载园中勤力，看桃李争妍，繁荣八桂
培才欣有报，万千名雅士怀珍，喜栋梁超俊，展布九州

后 记

本书的书稿，是在与诗友广西自治区政府原副秘书长韦海洋先生和河池市发改委原主任覃宝崇先生的诗文交流中得到的启发和感悟下，以及在广西华东建设集团、汇锟投资和智宇科技的司董李宁先生、邬秋媚和刘新军女士之厉精强奋的创业精神的感佩和激励下完成的。更分别得到他们的具体指导、策划和鼎力支持，使之完善并最终面世。谨表深切的敬意和由衷的感谢。